D0557401

LA PETITE DERNIÈRE

Née en 1995, Fatima Daas est une auteure française d'origine algérienne. Issue d'une famille nombreuse, elle se rebelle dès le collège et revendique le droit d'exprimer ses idées. C'est à cette époque qu'elle écrit ses premiers textes. Au lycée, elle participe à des ateliers d'écriture conduits par Tanguy Viel. Encouragée par l'écrivain et sa professeure de français, elle intègre le master de Création littéraire de Paris 8. Marquée par Marguerite Duras et Virginie Despentes, elle se définit comme une féministe intersectionnelle. *La Petite Dernière* est son premier roman.

FATIMA DAAS

La Petite Dernière

ROMAN

NOIR SUR BLANC

Contenus pédagogiques à l'intention des enseignants
disponibles sur livredepoche.com

© Les éditions Noir sur Blanc, 2020.
ISBN : 978-2-253-08008-4 – 1re publication LGF

Je m'appelle Fatima.

Je porte le nom d'un personnage symbolique en islam.

Je porte un nom auquel il faut rendre honneur.

Un nom qu'il ne faut pas « salir », comme on dit chez moi.

Chez moi, salir, c'est déshonorer. *Wassekh*, en arabe algérien.

On dit *darja, darija*, pour dire dialecte.

Wassekh : salir, foutre la merde, noircir.

C'est comme « se rapprocher » en français, c'est polysémique.

Ma mère utilisait le même mot pour me dire que j'avais sali mes vêtements, le même mot quand elle rentrait à la maison et qu'elle trouvait son Royaume en mauvais état.

Son Royaume : la cuisine.

Là où l'on ne pouvait pas mettre les pieds ni la main.

Ma mère détestait que les choses ne soient pas remises à leur place.

Il y avait des codes dans la cuisine, comme partout ailleurs, il fallait les connaître, les respecter et les suivre.

Si l'on n'en était pas capable, on devait se tenir à l'écart du Royaume.

Parmi les phrases que ma mère répétait souvent, il y avait celle-ci : *Makènch li ghawèn, fi hadi dar, izzèdolèk.*

Ça sonnait comme une punchline à mon oreille.

« Il n'y a personne pour t'aider dans cette maison, mais on t'en rajoute. »

En tordant mes orteils dans mes chaussettes hautes, je rétorquais souvent la même chose.

— Il faut me le dire si tu as besoin d'aide, je ne suis pas voyante, je ne peux pas le deviner.

À quoi ma mère répondait du tac au tac qu'elle n'avait pas besoin de « notre » aide. Elle prenait bien soin de dire « notre », une manière de rendre son reproche collectif, d'éviter que je ne le prenne personnellement, que je ne me sente attaquée.

Ma mère a commencé à cuisiner à l'âge de quatorze ans.

D'abord, des choses qu'elle nomme *sahline* : faciles.

Du couscous, de la *tchouktchouka*, du *djouwèz*, des tajines d'agneau aux pruneaux, des tajines de poulet aux olives.

À quatorze ans, je ne savais pas faire mon lit.

À vingt ans, je ne savais pas repasser une chemise.

À vingt-huit ans, je ne savais pas faire de pâtes au beurre.

Je n'aimais pas me retrouver dans la cuisine, sauf pour manger.

J'aimais bien manger, mais pas n'importe quoi.

Ma mère cuisinait pour toute la famille.

Elle élaborait des menus en fonction de nos caprices.

Je refusais la viande, j'avais du poisson ; mon père ne pouvait pas faire sans, son assiette n'en manquait pas.

Si Dounia, ma grande sœur, avait envie de frites plutôt que d'un repas traditionnel, elle l'obtenait.

D'aussi loin que je me souvienne, je vois ma mère dans la cuisine, les mains abîmées par le froid, les joues en creux, en train de dessiner un bonhomme avec du ketchup sur mes pâtes, décorer le dessert, préparer le thé, ranger les poêles dans le four.

Il ne me reste qu'une seule image : nos pieds sous la table, la tête dans notre assiette.

Ma mère aux fourneaux, la dernière à s'installer.

Le Royaume de Kamar Daas, ce n'était pas mon espace.

Je m'appelle Fatima Daas.

Je porte le nom d'une Clichoise qui voyage de l'autre côté du périph pour poursuivre ses études.

C'est à la gare du Raincy-Villemomble que j'attrape le journal *Direct Matin* avant de prendre le train de huit heures trente-trois. Je lèche mon doigt pour faire défiler les pages efficacement. Page 31, en grand titre : Se détendre.

En bas de la météo, je trouve mon horoscope.

Je lis, sur le quai, mon horoscope de la journée et celui de la semaine.

Si tu veux pouvoir supporter la vie, sois prêt à accepter la mort (Sigmund Freud).

Votre climat astral : Ne vous minez pas si vous ne pouvez pas rendre service à tous ceux qui vous le demandent, pensez à vous ! Réfléchissez avant de vous lancer dans des projets de grande ampleur, ne confondez pas votre optimisme avec forme olympique.

TRAVAIL : Il faudra prendre des décisions énergiques. Votre réalisme sera largement votre meilleur atout aujourd'hui.

AMOUR : Si vous êtes en couple, faites attention de ne pas décourager votre conjoint par vos demandes excessives. Si vous êtes seule, vous pourrez rêver au prince charmant, mais ne vous attendez pas à le croiser au coin de la rue.

Je parcours ensuite les malheurs du monde en essayant de renoncer au désir d'observer les personnes dans le train.

Pas un jour ne passe sans que des passagers refusent d'avancer dans les couloirs. Le matin, je répète la même formule pas magique : « Pouvez-vous avancer, s'il vous plaît ? Il y a des personnes qui souhaitent aller au travail, comme vous. »

En fin de journée, je change de ton.

Je supprime volontairement les marques de politesse.

Ces passagers qui n'avancent pas dans les couloirs sont les mêmes qui s'apprêtent à descendre aux deux prochaines stations : à Bondy ou à Noisy-le-Sec.

Leur astuce : rester postés près des portes de sortie pour ne pas rater leur arrêt.

Dans le bus, je veille à ce que la femme avec son enfant, la femme enceinte, la femme âgée ait une place.

Je porte mon attention exclusivement sur les femmes.

Je me sens obligée de jouer à la justicière, de défendre les autres, de parler à leur place, de porter leurs paroles, de les rassurer, de les sauver.

Je n'ai sauvé personne, ni Nina ni ma mère.

Ni même ma propre personne.

Nina avait raison.

C'est malsain de vouloir sauver le monde.

Je m'appelle Fatima Daas, mais je suis née en France, dans le 78, à Saint-Germain-en-Laye.

Je viens au monde par césarienne à la clinique Saint-Germain dans la rue de la Baronne-Gérard.

Césarienne, du latin *caedere* : « tailler » ; « couper ».

Incision de l'utérus.

Après ma naissance, à trente ans, ma mère fait un infarctus.

Je m'en veux d'être née.

On m'extrait du ventre de ma mère à l'aube.

Je ne nais pas asthmatique.

Je le deviens.

J'entre officiellement dans la catégorie des asthmatiques allergiques à l'âge de deux ans.

À l'adolescence, j'entends pour la première fois le mot « sévère » pour qualifier mon infirmité.

Je comprends à dix-sept ans que je suis porteuse d'une maladie invisible.

Mon plus long séjour à l'hôpital dure six semaines.

Ma sœur Dounia dit que je suis une éponge.

Il m'a fallu du temps pour savoir que mes crises respiratoires pouvaient être déclenchées par des émotions.

Je dois suivre un traitement médical, régulier, à vie.

Seretide : deux fois par jour, une bouffée le matin, une bouffée le soir.

Inorial : un comprimé le matin.

Singulair : un comprimé le soir.

Ventoline : en cas de gêne respiratoire.

Je m'appelle Fatima.

Fatima est la plus jeune des filles du dernier prophète, Mohammed – *Salla Allah alayhi wa salam*, paix
et salut sur lui –, et de sa première femme, Khadidja.

Je m'appelle Fatima.
Dieu seul sait si je porte bien mon prénom.
Si je ne le salis pas.

Fatima signifie «petite chamelle sevrée».
Sevrer, en arabe : *fatm.*
Cesser l'allaitement d'un bébé ou d'un jeune ani-
mal pour le faire passer à une nouvelle alimentation.
Se sentir frustré, séparer quelqu'un de quelque chose
ou quelque chose de quelqu'un ou quelqu'un de
quelqu'un.

Comme Fatima, j'aurais dû avoir trois sœurs.

Une de mes sœurs perd la vie quelques heures après sa naissance.

Elle s'appelait Soumya.

Fatima est désignée par son père comme la plus noble des femmes du paradis.

Le prophète Mohammed – que la paix de Dieu et Ses bénédictions soient sur lui – a dit un jour : « Fatima est une partie de moi, celui qui lui porte atteinte me porte atteinte. »

Mon père ne dirait pas une chose pareille.

Mon père ne me dit plus grand-chose.

Je m'appelle Fatima.

Je suis une petite chamelle sevrée.

Je suis la *mazoziya*, la dernière.

La petite dernière.

Avant moi, il y a trois filles.

Mon père espérait que je serais un garçon.

Pendant l'enfance, il m'appelle *wlidi*, « mon petit fils ».

Pourtant, il doit m'appeler *benti*, ma fille.

Il dit souvent : « Tu n'es pas ma fille. »

Pour me rassurer, je comprends que je suis son fils.

Ma mère m'habille jusqu'à mes douze ans.

Elle me fait porter des robes à fleurs, des jupes patineuses, des ballerines, j'ai des serre-tête de différentes couleurs, en forme de couronnes.

Toutes les petites filles ne veulent pas être des princesses, maman.

Je déteste tout ce qui se rapporte au monde des

filles tel que ma mère me le présente, mais je ne le conscientise pas encore.

Mon père m'accompagne à l'école, parfois.
Il ne vérifie pas mes devoirs.
Il ne me demande pas ce que j'ai appris.
Il compte sur ma mère pour le faire.

Ma mère dit souvent : «Je fais mon *wajeb*.»
Le *wajeb* : le rôle.
Son rôle de mère.

Un rôle : fonction remplie par quelqu'un ; attribution assignée à une institution. Ensemble de normes et d'attentes qui régissent le comportement d'un individu, du fait de son statut social ou de sa fonction dans un groupe.
Mon père ne parle pas de son *wajeb*.

Ma mère préfère que je mette des brassières plutôt que des soutiens-gorge, elle trouve ça moins «précipité».
Elle ne veut pas non plus que je m'épile.
Dounia lui dit de m'autoriser à m'épiler sous les bras, au moins, en attendant que je grandisse.
Elle répète que j'ai le temps pour ça.

Avant l'adolescence, mon père me chantait des chansons.
Il me racontait des histoires, aussi.

Loundja ! Loundja, la princesse aux cheveux d'or.

Mon père commençait toujours son histoire par : Il était une fois.

Il était une fois Loundja.

Une princesse emprisonnée depuis toute petite par *el ghoula*, l'ogresse, dans la plus haute tour de sa forteresse où il n'y avait ni porte ni fenêtre. L'ogresse utilisait les longs cheveux de Loundja pour escalader la tour.

Un soir, sans grande surprise, un prince la découvre.

Il tombe amoureux. Il revient la sauver. Il l'épouse.

Comme dans beaucoup d'histoires, Loundja et le prince se marièrent et eurent beaucoup d'enfants.

Ce que j'aimais le plus, c'était le temps que mon père prenait pour décrire avec précision les longs cheveux dorés de Loundja.

Quand il ne me racontait pas l'histoire de Loundja, il retraçait le récit du prophète Youssef – *Alayi Salem*, que le salut soit sur lui.

Il insistait sur l'anecdote des frères du prophète. Rongés par la jalousie, ils avaient décidé de jeter Youssef dans les profondeurs d'un puits.

Mon père me chuchotait à l'oreille : « *Balak yiderolek kima Youssef.* » Attention que tes sœurs ne te fassent pas la même chose !

J'avais du mal à faire la différence entre l'humour et les mises en garde de mon père.

En début d'après-midi s'imposait l'épisode de la sieste.

Je faisais des crises pour qu'on ne m'oblige pas à dormir.

Puis, j'ai fini par comprendre que pour avoir ce que je désirais, il fallait ruser.

J'avais trouvé l'astuce. Sans larmoiement, sans même dépenser d'énergie.

Et ça fonctionnait à chaque fois.

Mon père m'emmenait dans le salon, on s'allongeait côte à côte devant la télé, ma tête sur son épaule. Ma main sur sa tête.

C'est mon père qui s'endormait le premier.

Il faisait la sieste que je devais faire.

Je rejoignais Dounia et Hanane qui jouaient dans le jardin.

Ma mère était encore dans la cuisine.

Je m'appelle Fatima.

Je suis asthmatique allergique.

Les médecins disent que je ne prends pas « sérieusement » mon traitement.

Il m'arrive d'oublier mon traitement.

De décider d'arrêter de le prendre à cause des effets indésirables.

De décider d'arrêter de le prendre pour d'autres raisons.

À l'inverse, de ne pas respecter les doses prescrites, d'inhaler plusieurs bouffées de Ventoline, ce qui provoque de la tachycardie.

J'ingurgite les mêmes médicaments, plusieurs fois par jour, depuis le début de ma vie, et cela risque de s'étendre dans le temps.

Ils disent qu'oublier mon traitement, c'est refuser de prendre soin de moi, de mon corps, de ma santé.

« Ils » : ceux qui ont essayé de me faire comprendre ma maladie, que je ne comprends pas.

Pneumologues, médecins, infirmiers, kinés.

Je pense à Monique Lebrun, mon médecin traitant, qui m'a accompagnée pendant dix ans, jusqu'à ce qu'elle parte à la retraite.

Elle, celles et ceux que j'ai croisés dans les hôpitaux avec leurs blouses blanches ou bleues, celles et ceux qui m'ont appris à respirer correctement, comme les autres.

— Tu es prête ? Allez, on y va. Inspire par le nez en remplissant tes poumons d'air. Maintenant, expire par la bouche, voilà, tout doucement. Voilà, c'est ça, comme ça, très bien, ma belle.

Je détestais qu'on m'appelle « ma belle ».

Les trois quarts du temps, en consultation, je ne comprends rien à ce que dit Monique. J'ai l'impression qu'elle est restée bloquée au XIXe siècle.

Elle cite Baudelaire et Rimbaud.

Elle parle la même langue qu'eux.

Docteur Lebrun porte des chemises qu'elle boutonne en entier.

Je n'arrive pas à apercevoir son cou.

Je l'imagine alors.

Je suis incapable de m'empêcher de jeter des coups d'œil furtifs à sa poitrine qui retombe.

Impossible de distinguer ses seins ronds de son ventre mou.

Ses lunettes restent suspendues comme un collier autour de son cou.

Elle a les mains qui tremblent quand elle me donne mon ordonnance.

Le 24 novembre, Monique décide d'augmenter les doses de mon traitement.

Passage obligatoire du Seretide Diskus 250 au Seretide Diskus 500.

Je m'appelle Fatima Daas.

Je suis française.

Je suis d'origine algérienne.

Mes parents et mes deux grandes sœurs sont nés en Algérie.

Je suis rebeu, donc musulmane.

Ma mère est musulmane.

Mon père est musulman.

Mes sœurs, Dounia et Hanane, sont musulmanes.

Nous sommes une famille d'Arabes musulmans.

Nous aurions dû être une famille de six Arabes musulmans.

La première fois que ma mère me parle de la mort de notre grande sœur, Soumya, je lui dis que Soumya a de la chance.

Dans la religion musulmane, si un enfant meurt, il accède au paradis.

Alors je priais pour être une Soumya moi aussi.

Je savais que je n'allais pas être ce qu'on appelle une bonne, une vraie musulmane.

Ma mère dit qu'on naît musulman.
Je crois pourtant que je me suis convertie.
Je crois que je continue à me convertir à l'islam.
J'essaie d'être au plus proche de ma religion, de m'en approcher, d'en faire *a way of life*, un mode de vie.

J'aime me retrouver sur mon tapis de prière, sentir mon front sur le sol, me voir prosternée, soumise à Dieu, L'implorer, me sentir minuscule face à Sa grandeur, à Son amour, à Son omniprésence.

Je m'appelle Fatima.

Je porte le nom d'une Clichoise qui passe plus de trois heures par jour dans les transports.

Dans le RER, une main maigrichonne se cramponne à la porte.

Un homme tient une gourde vert fluo.

Please mind the gap between the train and the platform.

Les passagers debout essaient de tenir en équilibre.

Tu peux t'accrocher à la barre de maintien, t'appuyer contre les portes, t'adosser aux vitres et guetter les passagers qui s'apprêtent à libérer leur siège. Ou agripper le bras d'un ami, si tu en as un.

Por favor, no olvide recoger todo su equipaje.

Il y a celles qui comptent les stations.

Ceux qui se disputent au téléphone.

Celles et ceux qui portent des sacs à dos.

Celles qui rient fort, que l'on remarque.

Ceux qui louchent sur l'écran du voisin.

Ceux qui, assis, plongés dans leur téléphone, leur tablette ou leur livre font abstraction de ceux qui les entourent.

Il y a les poussettes et les valises.

«Un incident a été signalé, la circulation des trains est momentanément interrompue.»

Je m'appelle Fatima Daas, mais je suis née dans les Yvelines.

Quand j'ai huit ans, nous quittons le 78 pour le 93.

Nous quittons Saint-Germain-en-Laye pour emménager dans une ville de musulmans : Clichy-sous-Bois.

En dehors de ma famille, à Clichy-sous-Bois, les personnes avec qui je grandis, le voisinage, les amies, les camarades de classe sont presque tous des musulmans. Alors, je n'ai pas de mal à être une « musulmane ».

À huit ans je pense que :

Tout Maghrébin est musulman.

Les musulmans sont ceux qui ne mangent pas de porc et font le ramadan.

Jeûner, c'est se mettre à la place des personnes qui n'ont pas de quoi manger.

Les musulmans ne boivent pas.

Les Maghrébins se marient, ils ont des enfants, puis des petits-enfants.

Je suis à l'école élémentaire lorsque je fais le ramadan pour la première fois.

C'est l'hiver.

Je ne jeûne pas tout le mois, je jeûne à ma manière : des demi-journées.

Je déteste manger le matin.

J'ai la nausée, je ne prends pas de petit déj, même quand ma mère insiste.

Parfois elle reste dans la cuisine pour vérifier que j'ai bien bu le bol de lait qu'elle m'a préparé.

Dès qu'elle a le dos tourné, j'en profite pour le jeter dans le lavabo.

La première fois que je fais le ramadan, je comprends tout de suite ce qu'est le sentiment d'appartenance.

Comme toute ma famille, je jeûne.

À onze heures trente, je termine l'école.

Je rentre chez moi.

Ma mère me demande si je tiens le coup.

Mon estomac répond à ma place :

« Il reste de la chorba et des bricks d'hier ? »

Je m'appelle Fatima Daas.
Mon père s'appelle Ahmed. *Ahmad* : digne d'éloges.
Ma mère, Kamar, la lune.

Il a les yeux noirs, Ahmed, comme moi.
On a les mêmes yeux.
Les yeux noirs existent.
Ahmed fait plus de deux mètres. Chaque jour, en passant la porte, il doit penser à baisser la tête, toutefois ça lui arrive d'oublier, alors il se cogne au mur.
Derrière lui, je ris doucement. Ma mère aussi.
Kamar Daas sent la camomille. Ma mère a un très bon odorat.
Lorsque j'ai commencé à fumer, elle l'a tout de suite senti.
Dehors, Ahmed marche la tête haute et le torse bombé.
Kamar, le regard au sol.

Elle a un nez grec et des narines à peine entrouvertes.

Parfois, j'ai envie d'appeler Ahmed Daas, *Abi*, «mon père», et parfois je n'y arrive pas.

Ma mère est plus petite que moi, elle mesure moins d'un mètre soixante-six. Elle a de grosses joues roses et des mains de maçon.

Mon père a huit frères et sœurs. Ma mère, dix.

Ma mère a quitté sa famille pour suivre mon père en France.

Ma mère n'est pas qu'une simple femme au foyer, pas qu'une simple mère au foyer, pas qu'une simple mère.

Je m'appelle Fatima Daas.

Je suis née par césarienne à la clinique Saint-Germain de la rue de la Baronne-Gérard.

Césarienne, *caedere* : tailler, couper.

Incision de l'utérus.

À vingt-cinq ans, je fais la rencontre de Nina.

Nina, du celte « sommet », de l'hébreu « grâce ».

Sainte Nina a propagé la religion chrétienne dans toute la Géorgie au IVe siècle.

Mais Nina Gonzalez n'est ni sainte ni chrétienne.

Je crois que Nina est un personnage symbolique dans mon histoire.

La première fois que je vois Nina, elle m'intrigue tout de suite.

Elle met les mains dans les poches arrière de son jean.

Ses lunettes de soleil, sur la tête, retiennent ses cheveux.

Quand elle n'a pas ses lunettes de soleil, elle laisse une mèche recouvrir une partie de son visage. Alors, on ne voit plus qu'un œil.

Celui de droite.

Il est surmonté d'un sourcil foncé, de la même teinte que ses cheveux.

Nina se cache sous des vêtements sombres.

Noirs.

On lui attribue différentes origines, mais pas les bonnes.

Elle répond oui quand une collègue lui demande si elle a « du sang indien », oui si quelqu'un d'autre pense qu'elle est haïtienne.

Elle a un corps svelte, dynamique.

Une démarche souple et légère.

Elle ne s'assied pas, Nina.

Pas longtemps.

Le plus souvent, elle est mouvement.

Elle fume des roulées, elle boit du café.

Elle fume des joints et boit de la bière.

Quand elle ne fume pas des roulées, elle fume des Marlboro Red.

Elle a le regard fragile, pas sûr, pas certain, dur et délicat, doux.

Des yeux marron, presque noirs, ténébreux.

Elle oscille entre légèreté et sérieux.

Elle rit de tout, des autres et surtout d'elle-même.

Elle dit que le rire protège.

Elle ne répond pas aux questions.

Elle dit qu'elle ne sait pas pourquoi elle ne répond pas aux questions.

Je pense que c'est parce qu'elle doute de moi, des autres et surtout d'elle-même.

Nina est la seule à me demander si ça va, plusieurs fois dans la même phrase, à plusieurs reprises dans la même journée.

Elle me laissera des souvenirs un peu partout à Clichy-sous-Bois, à Paris et ailleurs.

Nina est assise à ma gauche.

Je suis assise à sa droite.

Nous sommes sous un arbre, les branches prosternées nous entourent.

Le ciel est découvert, le soleil frappe fort.

La canicule aussi.

Un pigeon passe.

Il attire mon attention, la sienne aussi, nous nous retournons ensemble, au même moment, comme pour le regarder s'éloigner.

Je cesse de regarder le pigeon.

Je la vois, elle, le regarder encore.

Des coups de vent traversent nos corps.

Elle dit : « Ça fait du bien » en souriant.

Je la regarde.

Je répète bêtement «Ça fait du bien».

Je me revois assise au même endroit, avec quelqu'un d'autre.

Un garçon que je ne regardais pas.

Je m'appelle Fatima.
Fatima, petite chamelle sevrée.

Avant mes dix-neuf ans, je décide de m'inscrire à l'école de l'asthme.

L'école de l'asthme est un concept créé en 1991 par l'association Asthme & Allergies, elle vise à donner une éducation thérapeutique moins ennuyante que des cours théoriques.

Avant d'y aller, je lis quelques brochures pour savoir à quoi m'attendre.

J'apprends que cette formation permet de mieux connaître ma maladie et de la contrôler.

L'école t'apprend à devenir *acteur de ta prise en charge*, à *mieux maîtriser les déclenchements*, à *prévoir et éviter l'apparition d'une crise d'asthme* ou à *empêcher qu'elle ne s'aggrave*, et, surtout, on t'enseigne à *accepter la maladie*.

Je m'appelle Fatima.

Je porte le nom d'un personnage symbolique en islam.

Je porte un nom qu'il ne faut pas salir, un nom que je dois honorer.

Je m'appelle Fatima et je sens Dieu partout où je vais, partout où je suis.

Je sens Sa grâce m'envelopper.

Quand je sors de chez moi le matin, je récite une prière :

« Je commence par le nom d'Allah, je me fie à Allah. Il n'est de protection, il n'est de force que par Allah. Ô Allah, je Te demande de me garder d'égarer autrui ou d'être égarée par autrui. Je Te demande de me garder de tomber dans le péché ou d'être poussée dans le péché par autrui. Je Te demande de me garder de commettre une injustice ou de subir moi-même une injustice. »

Je m'appelle Fatima Daas.
Je suis une menteuse.
Je suis une pécheresse.

À l'école primaire, je dis à Alexandra et à Amina que je suis amoureuse d'un garçon.
Ce sont mes meilleures amies du moment.
Le garçon s'appelle Jack.
Il est français.
Il est blond aux yeux verts.

À la maison j'écris sur la buée de la vitre : «Fatima + Jack = Amour.»
Jack n'est pas amoureux de moi.
Je ne suis pas amoureuse de Jack.
Mais je souhaite avoir un amoureux, comme Alexandra et Amina.
Alexandra est portugaise catholique, son élu s'appelle Daniel.

Amina est algérienne musulmane, mais ce n'est pas marqué sur son front.

Tout le monde dit que sa famille est « francisée », parce que Amina va au conservatoire de musique à Livry, elle fait du piano et aussi de la gym.

Sa mère ne porte pas le voile.

Son père n'a pas de longue barbe.

Je m'appelle Fatima.

Je suis cette banlieusarde qui observe les comportements parisiens.

Dans le RER, il y a toujours ces mêmes regards malveillants portés sur celles qui traînent leur poussette. Celles qu'on aide rarement à descendre les escaliers quand il n'y a pas d'ascenseurs, celles qu'on refuse de laisser passer devant soi, dans le bus, parce que ça risquerait de durer des heures, les mêmes à qui on laisse sa place avec un pincement au cœur.

Je dis «elles» parce que la plupart du temps ce sont «elles», et pas «ils», qui se trouvent derrière la poussette de bon matin.

On lui en veut à la maman quand le gamin se met à pleurnicher.

On se retourne, on s'agite, on chuchote.

On cherche d'où proviennent ces fichus sanglots.

Quand on les a enfin localisés, on lance un regard noir.

Le regard qui veut dire : « Tu ne peux pas faire taire ton gosse, conasse ! » Puis on se retourne en lâchant un soupir.

On pense très fort silencieusement que c'est une mauvaise mère.

Je m'appelle Fatima.
Je suis asthmatique.
Je suis porteuse d'une maladie invisible.

Une allergologue me reproche un jour de ne pas être venue à une consultation en 1997.
J'ai deux minutes d'absence.
Je fais le calcul dans ma tête.
Je réponds que j'avais cinq ans à l'époque.

Depuis toute petite, on me répète que l'asthme est une maladie qui partira avec le temps.
Je ne supporte plus les phrases qui se terminent par « avec le temps ».
Je ne supporte plus trop l'attente.

La première séance à l'école de l'asthme a lieu un mardi matin, à dix heures, à Montfermeil. La commune collée à Clichy-sous-Bois.

Souvent les gens confondent et pensent que les deux villes n'en forment qu'une. Ce n'est pas bien grave, on se connaît tous.

On a fréquenté le même lycée pour la plupart.

Il n'y en a qu'un : le lycée Alfred-Nobel, entre Clichy et Montfermeil, et à la limite de Gagny.

En sortant de chez mes parents, je remonte l'allée de Bellevue, je passe par la résidence Le Hameau de la Verrière, un raccourci pour arriver à l'arrêt de bus. Personne ne dit « de la Verrière ». On dit Le « Hameau », tout court.

Je monte dans le 613 ou le 601, je ne sais plus bien, le premier qui arrive. Il s'arrête en face de l'hôpital. Je n'ai plus qu'à traverser le trottoir et à pénétrer dans le hall jaune moutarde qui me donne à chaque fois la nausée.

Salle B2. Il y a un groupe de quatre personnes déjà installées autour d'une table de réunion rectangulaire, de sexe et d'âge différents, le médecin et l'infirmière, debout, à côté de la porte, du café et du thé sur la table, avec des madeleines Bonne Maman de chez Carrefour.

On n'attendait plus que moi. On commence la séance comme toutes les séances, par des présentations. On fait un tour de table, comme tous ces moments où tu dois prendre la parole sans en avoir envie. J'ai appelé ça le tour de table des alcooliques anonymes. Tu dois parler de ton identité. Dire le strict minimum : t'arrêter à tes nom, prénom et âge, trois choses que tu ne choisis pas.

On a le même problème, la même maladie.

C'est une des raisons pour lesquelles ils nous réunissent, pour qu'on se sente moins seul. Ils disent que c'est nécessaire d'écouter les expériences des autres et de partager les siennes avec eux.

Je ne partage rien.

En fin de matinée, une psychologue clinicienne nous rend visite.

À son arrivée, le médecin et l'infirmière quittent la salle.

— Appelez-moi Clarisse, tutoyez-moi. Vous pouvez vous sentir libres de parler, de m'arrêter, quand vous le sentez.

D'entrée, elle nous avertit que nous allons faire copain-copine.

Elle a de grands yeux bleus, ciel ou océan. Les deux. C'est pareil.

Clarisse parle du syndrome « paternaliste » qu'ont certains médecins. Je trouve ça juste, bien dit, bien sorti de sa bouche en V.

Je fais oui de la tête à tout ce qu'elle dit, sans dire un mot.

Alors que Clarisse, avec son grand sourire, me propose de prendre la parole, je la refuse gentiment.

Après une heure avec la psychologue, madame Cerisier, l'infirmière, tape à la porte. Madame Cerisier, quand elle parle, elle passe son index derrière son oreille. C'est un de ses troubles obsessionnels compulsifs qu'elle ne peut dissimuler.

Pendant les ateliers pratiques, on nous apprend à utiliser un « dep ».

Quand l'infirmière dit « dep », j'ai un petit sourire stupide.

Il n'y a pas d'imbécile heureux dans le groupe. À part moi.

Elle n'a pas dit « D », « E », « P », ni « débit expiratoire de pointe », mais « dep ». Je baisse les yeux, je commence à griffonner quelque chose sur ma feuille, l'air de rien, mais je m'aperçois que les quatre autres regards se tournent vers Cerisier qui est en train de nous expliquer comment utiliser le dep, le débit expiratoire de pointe.

Il permet de contrôler son souffle.

Je m'appelle Fatima Daas.
Je suis musulmane, alors j'ai peur :
Que Dieu ne m'aime pas.
Qu'Il ne m'aime pas comme je L'aime.
Qu'Il ne m'abandonne.
De ne pas être celle que je « devrais ».
De remettre en question ce que Dieu m'a commandé de faire.
D'être livrée à moi-même.
De me réveiller en pleine nuit, terrifiée.

Je parle à Allah, le Tout-Miséricordieux, quand je fais mes cinq prières.
Il m'arrive d'être déconcentrée.
D'être submergée par des pensées.
Je tente de me recentrer, de me détacher de ce bas monde qui semble être ma préoccupation principale.
J'estime ce moment d'échange avec Allah.
Dieu n'a pas besoin que je prie pour Lui.

C'est moi qui en ai besoin.

Je pense être hypocrite.
J'ai péché.
J'ai cessé de pécher.
J'ai péché de nouveau.
Je m'appelle Fatima Daas.
Je suis une pécheresse.

Je m'appelle Fatima.

Je suis musulmane.

Pendant mes trajets, parfois j'essaie de faire le *dhikr*, mais toutes ces voix mélangées dégoulinent autour de moi, alors je me fonds dans le bruit des rames, dans les paroles parisiennes, dans les odeurs de sueur, d'alcool et de parfum.

Excusez-moi, j'aimerais descendre. Merde ! Je ne trouve plus mon ticket. Il est vraiment insupportable cet enfant. Il ne veut pas s'arrêter. Je descends à la prochaine. Mademoiselle, t'es belle. Tu peux ouvrir la fenêtre, s'il te plaît. Je suis tout écrasé. Laisse tomber, je vais raccrocher, tu commences à m'énerver. On arrive à Gare du Nord, t'inquiète, tout le monde va descendre. Pourquoi il me regarde comme ça, lui ? Pervers ! Maman, il reste combien de stations ? Je ne respire plus. Bonjour mesdames, bonjour messieurs, je suis désolé de vous déranger pendant votre trajet. Alors, voilà, ça fait dix ans que je suis à la rue. Je prends tout ce qu'on peut me donner, ticket-restaurant, une petite pièce. Merci, bonne journée.

Une femme enroule son écharpe au niveau de ses narines.

Le bruit des pièces jaunes dans le gobelet.

Du rouge sur les lèvres, à moitié effacé.

Un homme, de profil, avec une casquette Yamaha, râle.

On lui a piqué sa place.

Je lui cède la mienne.

Il me remercie sans me regarder.

Le *dhikr*, c'est répéter le nom de Dieu pour raviver Son souvenir.

Je m'appelle Fatima.
Je suis porteuse d'une maladie chronique.
Une maladie qui ne semble pas partir avec le temps.

Adulte, j'attends la dernière minute pour me rendre à l'hôpital, quand je sens que mes poumons se resserrent.

Petite, à Clichy-sous-Bois, mes crises d'asthme se déclenchent souvent la nuit, pendant mon sommeil.

Je descends du lit superposé, doucement, de manière à ne pas perturber le sommeil de mes sœurs, mais ma maladresse l'emporte.

Il m'arrive de faire grincer le lit en descendant l'échelle, d'écraser l'orteil de Dounia qui dort sur un matelas par terre, ou de tousser un peu trop fort.

Parfois, les trois en même temps.

Quand je franchis la porte, je suis presque sauvée,

je n'ai plus qu'à tourner à gauche pour entrer dans la chambre de mes parents.

Elle est fermée, mais jamais à clé.

La nôtre non plus d'ailleurs.

La télé encore allumée, al-Jazira ou BFM TV, je monte sur le lit de mes parents, je me glisse entre eux.

Je sépare leurs corps déjà bien distancés.

J'ai une respiration sifflante, ma mère se réveille.

Après *salat Sobh*, la première prière de la journée, mon père m'emmène à l'hôpital dans sa voiture Mercedes-Benz gris métallisé. Je suis à moitié endormie et les sifflements, lors de l'expiration, persistent. Mon père me demande, dans la voiture, si j'ai mal quelque part.

Arrivée à l'hôpital, j'ai droit à quatre aérosols respiratoires qui dilatent mes bronches. Mon père, assis sur une chaise près du lit, dit à la fin de chaque aérosol, en approchant sa tête de mon épaule : *Thèssè darelk haja ?* « Sens-tu que ça agit ? »

Mon père n'a pas confiance, ni en la médecine ni en l'éducation.

Je m'appelle Fatima.

Fatima est un prénom féminin, musulman.

Je commence à m'habiller «comme un garçon» à l'âge de douze ans.

Je ne le sais pas tout de suite, on me le fait remarquer.

Je mets des sweats à capuche, des joggings, des Air Max.

J'attache mes cheveux en chignon ou en queue de cheval.

Je mets du gel pour plaquer les petits cheveux qui remontent devant.

Les cheveux *khrach*, frisés, les cheveux d'«Arabe».

Parfois je mets une casquette que mon ami Moussa m'a prêtée un jour.

Je la porterai pendant toute ma scolarité au collège, jusqu'à ce que madame Salvatore, la CPE, me la confisque définitivement.

Au collège, on n'a pas le droit aux écouteurs ni aux téléphones portables.

On n'a pas le droit de porter de casquette dans les couloirs de l'établissement.

On n'a pas le droit de porter de casquette tout court.

Au collège, j'ai des copines, mais je préfère traîner avec des garçons.

Nous sommes une bande de six.

Moussa, Zaidou et son petit frère Moun.

Tous les trois sont des Comoriens musulmans.

Samir est marocain musulman.

Wilkens, c'est le chrétien de la bande.

Je suis la seule fille du groupe, mais je ne le sais pas encore.

Je suis en cours de sport la première fois que j'ai mes règles.

Je réalise que je suis une fille.

Je pleure.

Le soir, je dis à ma mère que je ne veux pas.

Elle m'explique que c'est naturel.

Je déteste la nature.

Je m'appelle Fatima Daas, je suis née en France, parfois je fais plus de quatre heures de transport pour aller en cours, au travail, au théâtre, au musée, ou rentrer chez mes parents.

Je commence à prendre les transports régulièrement à mes dix-huit ans.

Après un certain temps je ressens la «fatigue des transports», celle qui te conduit à avoir une migraine à peu près à la même heure chaque soir, qui te fait découvrir la vieillesse de ton organisme prématurément, qui empiète sur ton humeur, t'incite à avoir des réactions excessives, à râler presque tout autant que les Parisiens et à avoir des montées de colère difficilement contrôlables.

C'est cette même fatigue qui te fait penser à «te rapprocher».

«Se rapprocher», c'est partir.
Partir : trahir, renoncer et quitter.

Je m'appelle Fatima.

Fatima Daas.

Je porte le nom d'un personnage symbolique en islam.

Nina Gonzalez est l'héroïne de mon histoire.

Un jour, je me décide à inviter Nina.

Je ne lui propose pas d'aller boire un verre.

C'est ce que tout le monde fait.

Je l'invite à me voir sur scène.

Plus tard, je lui proposerai d'aller boire un verre, d'aller au théâtre, d'aller à une expo.

— Je peux te prendre deux places si tu veux venir accompagnée, Nina.

Nina tire fort sur sa clope en me regardant, et moi je mate la fumée se répandre au-dessus de sa tête.

— Je ne suis pas douée pour trouver un pote de

théâtre opportun. Navrée de me réapproprier ta curiosité.

Nina vient me voir seule et ça me soulage un peu.

Les lumières s'éteignent, s'allument.

Je reconnais certains visages dont celui de Rokya au deuxième rang. Rokya, c'est ma meilleure amie.

J'aperçois Nina au fond de la salle, mais je ne la regarde pas longtemps.

Les applaudissements retentissent. Je crois que j'ai réussi.

Je crois que j'ai réussi devant Nina.

À la sortie, je trouve Nina assise dans le hall, je la rejoins, elle me prend dans ses bras et elle dit :

— Ça te va bien la scène, Fatima.

Je réponds spontanément :

— Surtout avec toi dans le public.

Je regrette un peu d'avoir dit ça, parce que je ne sais pas si elle veut l'entendre.

Elle ne dit rien.

Je présente Nina à mes amies.

On finit la soirée ensemble.

Je m'appelle Fatima Daas.
Je suis une adolescente perturbée, inadaptée.

Au collège, tous les jours, après la cantine, on s'installe sur notre « ter-ter », au fond de la cour, entre les deux poubelles blanches.

Tout le monde sait que c'est notre espace.

Quand on arrive, les collégiens partent instinctivement.

On n'a pas à le demander.

Moun se cale contre le mur.

Wilkens et Moussa, assis face à face sur les poubelles, ne se regardent pas.

Je suis au centre.

Je vais d'une poubelle à une autre.

— On dirait que t'es sous coke à force de bouger dans tous les sens, Fati'gangsta.

Le rituel commence, on s'échauffe en se lançant des petites vannes.

Moun se met à rapper.

On l'encourage en l'insultant.

C'est l'hiver.

J'ai les mains rouges.

Il y a un vent de malade.

— On n'a rien à faire dans le froid, les gars, venez on décale, ces gros bâtards, ils sont au chaud pendant que nous, on se les caille.

«Eux», c'est le camp adverse : les enseignants, les CPE, pions, toute personne représentant l'autorité.

La bande est d'accord.

J'ai réussi à les engrainer.

On se décide à aller faire des tours dans les couloirs.

On sait qu'on va se faire courser par les surveillants.

On a tous déjà été exclus du collège temporairement.

Sauf Wilkens, le plus malin.

En se baladant dans les couloirs du collège, Will nous raconte qu'il a zouké avec une meuf la veille.

— J'ai senti ses poils pubiens, les gars.

Il mime la scène en rigolant.

Je ne prends pas part à cette conversation.

Les jours d'après, je me sens obligée de parler de quelqu'un.

Je dis que je suis amoureuse d'un garçon dans le collège.

Je choisis un Tunisien que je trouve beau et gentil.

Il s'appelle Ibrahim.

On était dans la même classe en sixième.

On s'est disputés en cours de français.

Je ne sais plus comment ça avait commencé, mais je me souviens lui avoir dit que j'allais le saigner après le cours.

Il m'avait traitée de salope.

On a eu un avertissement tous les deux.

C'était avec madame Besnaila.

Elle avait eu peur ce jour-là, madame Besnaila.

Elle avait pris les mots au pied de la lettre.

Elle imaginait la sortie de l'école.

Ibrahim, par terre, rempli de sang.

Moi, fière, souriante.

Tout le monde l'appelait «madame Baisez-la».

Elle avait de grosses lunettes marron qui occupaient la moitié de son visage.

On la surnommait Lisa, en référence à la série *Le Destin de Lisa*, qui avait fait un carton à l'époque.

Un autre jour, elle avait pleuré, parce que avec une camarade de classe on refusait de changer de place.

Ça avait foutu la merde.

Madame Besnaila avait quitté la salle.

Elle était enceinte.
Je m'en suis voulu.
Je ne sais pas si c'est parce qu'elle était enceinte.
Je ne l'avais pas dit, ça, à personne, que je m'en voulais.
Je balançais à tout le monde qu'elle nous cassait les couilles à pleurer chez le proviseur.

Peut-être que j'avais de l'affection pour madame Besnaila.
Je m'appelle Fatima.
Je suis une fille.
J'aime les garçons.
Naturellement.
J'avoue que j'ai un faible pour Ibrahim, un jour, à mes potes.
Moun réagit le premier :

— Mais arrête ! Toi t'es un mec, tu ne peux pas kiffer un mec, t'es cheloue, Fatima.

Je m'appelle Fatima.

Je suis née en France.

Saint-Germain-en-Laye : mes premiers pas, mon premier sourire, mes premiers malheurs.

Là-bas, à Saint-Germain-en-Laye, j'ai moins de six ans, quand mon père rentre ça sent une odeur mélangée à celle du tabac.

Une odeur que je ne sais pas reconnaître.

Le tabac, c'est le parfum de mon père.

Il fume à l'intérieur de l'appartement, ça ne l'inquiète pas pour mon asthme, il me porte sur ses genoux et tient sa clope de la main gauche.

En pleine nuit, quand il rentre tard, mon père allume toutes les lumières, il fait du bruit avec la vaisselle dans la cuisine.

Il retrouve son repas préparé et laissé dans le micro-ondes par ma mère.

Quand il rentre dans le salon, qui nous sert de chambre pour cinq, j'ouvre un œil, mais je ne prends pas la responsabilité de me plaindre.

Ma sœur aînée ose lui demander un jour d'éteindre la lumière en bâillant.

Il la traite de *khamja* : salope, pourriture, mais Dounia rétorque de plus belle. Alors il s'approche d'elle et ça fait clac.

Ma mère lui chuchote *soktè* : tais-toi !

Ça arrive souvent que ma mère nous demande de nous taire.

Elle fait ça parce qu'elle ne veut pas que ça dérape.

En plus, ça part très vite.

Quand il en tape une, ça s'arrête rarement là.

Il en tape deux sur quatre, parfois je suis la seule qu'il ne tape pas.

Je le vois faire, je me mets entre eux, je sais qu'il va gagner, qu'à tout moment je peux me retrouver moi aussi à la même place que mes sœurs. Et quand il tire sa ceinture de son jean, là je sais qu'il faut que je parte, parce que ça me laisse des traces rouges sur les jambes et je trouve ça très moche, mais surtout ça pique fort pendant des jours et il n'y a aucun moyen de soulager ça.

Je m'écarte en sanglotant, je reviens chaque fois que j'entends une de mes sœurs pleurer trop fort ou pousser un cri.

Puis, je me retire dans un coin, la deuxième fois, heureusement ça passe vite, quelques minutes, j'entends un ou deux éclats de voix, puis des sanglots. Et c'est fini.

Le lendemain, tout le monde fait comme si de rien n'était.

Je m'appelle Fatima.

Je porte le nom d'un personnage symbolique en islam.

Un nom auquel il faut rendre honneur.

Un nom que j'ai déshonoré.

Adolescente, je regarde mon père dans les yeux.

Je lui dis :

— Tu es un monstre !

C'est la première fois que je pense quelque chose aussi fort.

Depuis ce jour-là il ne m'a plus adressé la parole et moi non plus.

Je m'appelle Fatima Daas.

J'écris des histoires pour éviter de vivre la mienne.

J'ai douze ans quand on part en voyage scolaire à Budapest.

Le soir, on se retrouve pour faire un point programme.

Juste après le dîner, dans la grande salle où il n'y a pas de réseau.

Impossible d'aller sur MSN, Skyblog, ou d'envoyer un message pour faire passer l'ennui.

Après la réunion, les profs nous offrent une heure de quartier libre avant d'aller dormir.

Je reste dans la grande salle avec Rokya.

Elle met ses jambes sur la table.

Je fais comme elle.

Il y a un jeu des sept familles dans ma poche, alors je le sors.

Mais on n'a pas du tout joué aux sept familles.

Deux camarades de classe nous ont rejointes : Lola et Murat.

Rokya propose de jouer à action-vérité.

Murat et Lola sont d'accord.

Je dis :

— Vas-y, mais on fait des trucs de ouf ! C'est pas on dit « Bonne nuit » à un prof.

Tout le monde rigole.

— O.k., on commence par toi alors, vu que t'es chaude !

Murat croit m'impressionner en disant ça, alors je fais comme s'il ne pouvait pas m'atteindre, comme si je ne craignais pas ce qu'il pouvait me demander de faire.

Je dis, sûre de moi et en articulant exagérément :

— Je choisis ACTION !

Murat caresse son menton avec la main droite, tout en regardant le plafond. Je pouffe de rire.

— O.k., lève-toi et fais un bisou à Lola.

Je suis prête à me lever quand Murat complète sa phrase, « SUR LA BOUCHE ! », avec un grand sourire, comme si, en ajoutant un complément, il avait rendu l'action impossible.

Rokya explose de rire. Elle traduit :

— En gros, si t'as pas capté, Fatima, tu dois embrasser Lola.

— Mais vous êtes tordus, vous ! Jamais de la vie. Murat, t'es dégueulasse !

Lola me remercie pour ce que je viens de dire.

Je ne sais pas si je la trouve jolie. Je ne me suis pas posé la question.

— Mais non, Lola, wesh. C'est grave chelou ce qu'il demande de faire ce tebé. Ce n'est pas toi qui es dégueulasse, je ne disais pas ça sur toi.

Lola sourit en pensant à ce qu'elle s'apprête à dire.

— Ça va, détends-toi ! Pour te sauver, je veux bien faire cette action.

Je baisse les yeux au moment où j'entends le verbe vouloir.

Je la regarde sans rien dire, puis je baisse de nouveau les yeux.

— Bah vas-y ! balance Murat. Vas-y, c'est ton action, Lola !

Je ne bouge plus.
Je suis pétrifiée.
J'entends Lola se lever.
Elle s'approche de moi.
Je pense à la pousser.
La renverser par terre.
Je ne fais rien. Heureusement.
Elle se serait cogné la tête sur le coin de la table.

Lola pose un baiser doux et rapide sur mes lèvres.

Je n'ai pas le temps de dire ni de faire quoi que ce soit que c'est déjà réel.

Elle prend soin de me regarder avant de retourner s'asseoir dans le fauteuil. Elle dit « À qui le tour ? » en me faisant un clin d'œil.

J'ai douze ans.

Je ne comprends pas ce qui vient d'arriver.

Rokya dort dans la même chambre que moi.

Elle a voulu me faire un câlin avant de s'endormir. J'ai refusé.

Et là, dans la nuit, seule, il y a quelque chose qui me terrifie.

Je pense sans me le formuler : je vais aller en enfer.

Je veux me lever, rejoindre Rokya dans son lit, la réveiller peut-être.

Lui dire que je désire bien un câlin finalement.

Je ne sais pas parler.

Alors je vais rester seule dans mon lit.

Je vais essayer de penser à autre chose, mais là, je revois Lola.

Lola, c'est un garçon manqué, elle aussi, mais pas comme moi.

Physiquement, c'est une fille.

Elle a trouvé l'équilibre.

Je ne crois pas que Lola aime les filles.

De toute façon, on n'a pas reparlé de ce jeu.

Et je n'ai pas rejoué à action-vérité.

Je m'appelle Fatima Daas.

Je porte le nom d'un personnage exemplaire en islam.

Enfant, à la maison, je récite la sourate *Al-fil* : l'éléphant.

Cette sourate comporte cinq versets.

Je vais la réciter à ma mère, avec une belle intonation.

J'ai répété pendant au moins deux heures.

Ma mère me dit que ça ressemble à la récitation du savant Cheikh Sudais.

Je souris. C'est l'effet que je veux produire.

J'aurais voulu être imam, réciter le Coran avec le *tajwid*, une lecture psalmodiée ; guider la prière de groupe, écouter, conseiller, faire des conférences.

Je parle à ma mère de cette volonté de m'enregistrer

en faisant une lecture du Coran, de la diffuser peut-être.

Elle me dit que ce n'est pas autorisé.

Je ne cherche pas à en savoir plus.

Je renonce.

Le Coran m'apaise.

Je m'appelle Fatima.

Je suis une touriste. → *J'en suis une.*

La première année, je trouve agréable la durée de mes trajets de Clichy-sous-Bois à Paris. De Paris à Clichy-sous-Bois.

J'explore un nouvel espace-temps. Je profite de chaque minute, comme si je gagnais un temps que je n'ai pas l'occasion d'exploiter.

Mes itinéraires sont accompagnés de lecture, de musique.

Parfois j'arrive à gribouiller quelques pages dans mon journal.

Quand je suis assise dans le métro, je parle des autres, les entrées, les sorties, ceux qui se faufilent avant que les portes se referment, ces visages tristes que je veux emporter avec moi.

Pour me rendre à Paris, je dois prendre différents

73

moyens de transport, d'abord un bus, n'importe lequel, pour rejoindre une gare.

Le plus souvent, je prends le 613 ou le 601, qui me dépose soit à la gare d'Aulnay-sous-Bois, soit à celle du Raincy-Villemomble.

Ils passent toutes les dix minutes.

Dans le bus, je m'installe à la première place, quand elle est libre, juste derrière le conducteur, d'ailleurs, ça m'arrive de croiser le même conducteur, d'une journée à une autre, parfois même deux fois dans la même journée.

Les quinze premières secondes, je me demande où j'ai croisé ce regard familier. La première chose qui me revient, c'est sa fonction : le chauffeur de bus. C'est comme ça qu'on les appelle, comme pour «les dames de la bibliothèque» ou «les dames du CDI».

C'est savoureux de reconnaître un visage, une voix, une expression, une mimique.

Je m'appelle Fatima.
Je suis censée porter un nom pacifique.
Je crois que j'ai sali mon prénom.

Un soir, au lycée, pendant ma dernière année, j'agresse un garçon.
Il s'appelle Benjamin.
Quand il parle, ses mains l'accompagnent.
Il est pâle, maigre, efféminé.

Benjamin passe devant moi, je lui fais un croche-patte.
Il trébuche, se relève, me regarde et me demande pourquoi j'ai fait ça.
Je lui dis de dégager avant que je m'énerve.
Il hausse le ton, réitère sa question sur un ton révolté.

— T'es un sale pédé, qu'est-ce tu parles avec moi ? Bouge avant que je t'explose !

Les quatre personnes qui sont à mes côtés rigolent un peu tout en essayant de me calmer.

Benjamin s'en va, en sanglots.
J'ai envie de me buter.
Deux ans plus tard, je croise Benjamin à Clichy-sous-Bois.
Je pense à ce que j'ai fait.
Je pense à ce que je suis devenue.
Je ne trouve pas la force de m'excuser.

Je m'appelle Fatima Daas.
Je suis française.
Je suis algérienne.
Je suis française d'origine algérienne.

La première fois que je voyage en Algérie, je suis en CM2.

Les semaines avant le voyage, je me construis une idée mentale des gens, des odeurs, des couleurs.

Le moment est venu de rencontrer la « grande famille ».

Toutes ces personnes sans visage, qui font partie du passé de mes parents.

Un passé dont ils ne parlent pas.

Des semaines avant le voyage, on prépare des valises de cadeaux.

Je dis « on » pour me sentir concernée.

Mes parents achètent des vêtements, des chaussures, des sacs à main, des parfums pour chaque membre de la famille.

Pour les plus petits : des jouets et des bonbons.

Pour les garçons : des Playmobil, des armes, des ballons, des voitures et des camions.

Pour les filles : des poupées et des Barbie.

Mes parents demandent à leurs familles respectives si elles ont besoin de quelque chose en particulier. Elles disent qu'elles n'ont besoin de rien.

Le plus important, c'est notre présence.

Mes parents comprennent qu'il faut insister.

Moi, je ne comprenais pas encore.

Au cours des conversations téléphoniques, ma famille d'Algérie crache le morceau.

Elle a beaucoup de besoins qu'elle exprime de manière codée.

On appelle ça *mghané* : faire entendre implicitement.

Quand mes tantes paternelles découvrent leurs cadeaux, elles disent que celui-ci est meilleur que celui-là, qu'il a coûté plus cher, qu'il est plus joli, qu'elles auraient préféré avoir un sac à main plutôt qu'un voile ou ne rien avoir du tout plutôt qu'un parfum.

Mes tantes maternelles choisissent elles-mêmes leurs cadeaux.

Un rituel se perpétue à la fin de chaque voyage.

Mes parents donnent de l'argent dans une enveloppe à leurs frères et sœurs.

Mes parents luttent un peu pour que mes tantes et mes oncles acceptent.

Maintenant je connais la fin de l'histoire.

Leurs familles finissent par accepter l'argent et le dépensent très vite.

Adulte, de retour en France, j'écris dans un carnet : *J'ai l'impression de laisser une partie de moi en Algérie, mais je me dis à chaque fois que je n'y retournerai pas.*

Je m'appelle Fatima Daas.
J'ai la sensation d'avoir une double vie.

Je sors de l'hôpital de Montfermeil après dix jours
d'hospitalisation.
Rokya m'attend à la cafétéria.
Je prends l'ascenseur en espérant que c'est la dernière fois.
Pendant mon séjour, j'écris dans un carnet :
*L'hôpital, c'est un peu comme la prison. Tu comptes
le nombre de visiteurs. Tu en veux à ceux qui ne sont
pas venus, tu lui en veux à lui : Ahmed Daas.*

J'arrive devant la cafétéria. Rokya est assise, les
jambes légèrement écartées, elle tient une canette
d'Oasis Tropical et un gobelet.

— Avant même que tu me demandes si ça va, ça ne
va pas, Roky.

Elle me prend dans ses bras et me serre très fort.

Quand j'expire, ma respiration siffle encore.

Elle me tend un café court en me disant qu'elle ne comprend toujours pas comment je peux boire cette merde.

Je lui dis que ça me réveille ou que ça me détend, je ne sais pas trop.

— Il faut que je te dise un truc, Roky. Putain, dix jours de taule, j'ai eu le temps de réfléchir.

Rokya me regarde, je peux lire la curiosité mêlée à l'inquiétude dans ses yeux.

Elle ne dit rien, elle m'écoute.

On se lève, on quitte l'odeur de l'hôpital pour l'odeur du sol mouillé, on marche jusqu'au parc de l'Arboretum.

Il y a de gros nuages, on imagine qu'il ne va pas tarder à pleuvoir mais on s'en fiche.

J'avoue à Rokya, un peu honteuse, que je me suis inscrite sur des sites de rencontres.

— C'est le bon plan pour se dévoiler tout en restant cachée.

— Mais, Fatima, t'es une romantique bizarre, ça ne va pas te réussir, ça. Ça ne va pas le faire. En plus, tu risques de tomber sur des gros porcs.

Je coupe la parole à Rokya avant qu'elle aille trop loin.

— Je ne veux pas rencontrer de mecs, Roky.

Je dis ça comme si j'avais dit je dois acheter du pain. Et là, Rokya me regarde, je vois se dessiner au creux de ses lèvres un petit sourire fier, et elle dit : Tu veux rencontrer un hamster, alors ?

Et quand elle dit ça, son petit sourire prend toute la place, on ne voit plus que lui désormais.

Rokya se met à rire, et son corps tout entier vibre.

L'image d'un hamster me vient en tête, alors moi aussi je rigole. Mais je reprends vite mon sérieux.

— Roky, me fais pas dire ça, s'il te plaît !

Elle dit que je n'ai pas besoin de parler.

Alors on ne parle plus. On fait un dernier tour du parc dans le silence. On arrive devant la sortie. Rokya me bloque le passage. Je la regarde, je dis bêtement :

— Bah quoi ? J'ai un hamster sur la tête ?

On explose de rire en même temps. Et c'est dans ces moments-là que je l'aime encore plus.

— Il n'y en a pas à Clichy, Fatima, des hamsters, enfin si, il y en a, bien sûr, elles existent, mais elles se cachent, comme toi.

Je dis avec un grand sourire :

— Ciao, Roky, je vais à la pêche aux hamsters.

Je m'appelle Fatima Daas.

Avant de m'autoriser à écrire, je satisfaisais les attentes des autres.

Après le lycée, je vais en hypokhâgne, en classe préparatoire de lettres.

C'est ce que les bons élèves font.

Ils vont en médecine, en prépa, ou à Sciences Po.

Pendant plusieurs mois, j'imite mes camarades de classe.

Je dois :

Travailler plusieurs heures après chaque journée de cours.

Apprendre par cœur des dates, des définitions.

Me taper des khôlles, lire et commenter des textes écrits exclusivement par des hommes blancs hétéros cisgenres.

J'arrive à mon premier cours de la journée, on est mercredi. Il est huit heures trente.

Le professeur d'espagnol nous distribue nos devoirs maison. Il garde ma copie dans ses mains. Il me regarde avec ses grosses lunettes.

— Mademoiselle Daas, vous voulez bien sortir avec moi deux minutes ?

Je me lève, range ma chaise sous ma table.
Je sens son impatience.
Je n'ai pas le temps de prendre ma veste.
Je le suis, bêtement.
Il est déjà dehors, la porte refermée.
Deux, trois élèves me suivent du regard.
Je suis en t-shirt, alors je sens le vent me caresser les bras, mes poils se hérissent, ça me chatouille.

— Voilà… Mademoiselle Daas (il dit ça avec une bonne voix virile, en me regardant droit dans les yeux), je ne ferai rien, vous pouvez être tranquille, mais je veux juste savoir la vérité (il laisse un temps de suspense pourri). Qui a fait votre devoir ?

Je ne comprends pas bien, alors je dis en souriant mon devoir maison ?

Il répond oui, votre devoir maison. Qui l'a fait à votre place ?

Parfois, quand les gens doutent de moi, je me mets moi-même à douter, c'est marrant, j'invente des scénarios pour leur donner raison, mais, cette fois, je n'en

84

avais pas envie parce que le travail avait été facile et que je n'avais pas eu de plaisir à le faire.

Je n'ai pas répondu.

J'espérais qu'il m'annoncerait que c'était un poisson d'avril en février, n'importe quoi, mais ce n'était pas le genre de mec à faire des blagues. J'ai cru encore qu'il finirait par se reprendre, qu'il sentirait, grâce à mon silence, que c'était lui la putain de grosse blague.

Il a recommencé son délire :

— O.k., très bien, qui vous a aidée ?

Je commençais à fatiguer, mais j'ai quand même répondu :

— J'adore l'espagnol. J'avais dix-huit de moyenne l'année dernière et j'ai eu seize au bac.

Puis j'ai réalisé que prouver, démontrer, me rendre légitime, montrer ce que je valais n'était pas le lot des autres élèves qui étaient à l'intérieur, au chaud. Personne n'avait à argumenter pendant dix minutes, en t-shirt, dans le froid, pour prouver qu'il avait bien mérité un dix-sept sur vingt.

Un mois plus tard, j'ai arrêté la prépa.

Je ne suis pas allée en médecine.

Je n'ai pas intégré Sciences Po.

J'ai écrit.

Je m'appelle Fatima Daas.

Je porte le nom d'une Clichoise qui fait plus de trois changements pour aller à l'université.

Quand ça roule bien, j'arrive à la gare en un quart d'heure.

Je dois rejoindre le RER, le B quand je me trouve à la gare d'Aulnay.

Le E quand je suis au Raincy.

La première année, j'arrive en avance à mes rendez-vous, qu'ils soient personnels, médicaux ou professionnels.

La deuxième année, j'arrive à l'heure.

La troisième année, j'arrive en retard.

La quatrième année, je n'arrive pas.

Je ne lis plus, j'écoute de la musique qui accompagne mes pensées.

Je m'efforce de ne pas m'endormir, par crainte d'arriver au bout de la ligne.

J'ai peur de devoir recommencer, réinvestir.

J'ai la nausée quand je suis assise à contresens dans le RER.

Je sais maintenant que les longs trajets favorisent le flux des pensées.

Je me trompe souvent de direction.

Je me souviens des inconnues.

J'ai déjà croisé plusieurs fois la même personne, dans le même métro.

J'ai déjà rêvé de cette personne.

J'essaie de ne plus croire aux signes.

J'essaie de ne plus voir de signes partout.

Je crois que je suis superstitieuse.

Je crois que c'est interdit de l'être.

Je m'appelle Fatima.

La première fois que je consulte une psychologue, j'ai dix-sept ans.

Ce n'est pas l'idée de mes parents.

Personne dans ma famille ne sait que je vois une psy.

Je ne le réalise pas non plus.

Ma psychologue, madame Guérin, porte la plupart du temps une blouse blanche qui lui arrive aux genoux. En dessous de sa blouse, une jupe noire avec des collants opaques, un col roulé jaune ou noir, une chemise blanche. Elle n'attache pas ses cheveux. Ils sont courts, ondulés, blonds.

La première séance avec madame Guérin, je dis au total trois phrases.

La deuxième séance, je joue à détruire un taille-crayon.

La troisième séance, je décide d'arrêter.

Je finis par y retourner.

Pendant deux mois, je vois madame Guérin huit fois.

Une séance d'une heure par semaine.

Les trois premiers rendez-vous, j'arrive devant la porte, je fais comme ces personnages, dans les films, qui retournent voir leur ex.

J'avance mon poing tout près de la porte, je m'apprête à taper.

J'inspire fort.

Et je relâche.

Là, on rembobine.

Mon bras retombe le long de mon corps.

Je reste là, à fixer la porte, pendant soixante secondes.

Je recule d'un pas, l'air de dire : « Vas-y, je me casse. »

Madame Guérin, derrière, elle sait très bien que je suis là à gesticuler, à attendre qu'elle choisisse pour moi.

Parfois, elle ne me facilite pas les choses, elle me rappelle une fois que j'ai fait demi-tour.

— Vous savez, je vous entends quand vous montez l'escalier, vous ne portez peut-être pas de talons mais vous faites un bruit monstre, en fait vous me prévenez de votre arrivée sans le vouloir.

Madame Guérin, elle savait d'où venait le problème.

Je partais pour qu'on me retienne.

Je m'appelle Fatima.

Mes parents sont musulmans.

Mes sœurs sont musulmanes.

Nous sommes une famille de cinq Arabes musulmans.

Adolescente, je me souviens que mes parents étaient pragmatiques.

L'islam c'était croire en Dieu, L'aimer, Le craindre, Lui obéir.

J'avais réussi les premières étapes.

J'aimais Dieu, Son messager, ma mère trois fois, puis mon père.

C'était dans cet ordre que je devais donner mon classement quand mon père me prenait au dépourvu.

— Qui tu aimes en premier ? En deuxième ? Et ensuite ?

Si je me trompais d'ordre – ça n'était arrivé qu'une fois –, je devais rester dans un coin du salon avec un dictionnaire sur la tête jusqu'à ce qu'Ahmed Daas décide de me rendre ma liberté.

Ahmed, « digne de louanges ».

On raconte qu'un homme est venu voir le messager d'Allah – que la paix d'Allah et Ses bénédictions soient sur lui.

— Ô messager de Dieu ! Quelle est la personne la plus digne de ma bonne compagnie ?
— Ta mère.
L'homme reprit :
— Qui d'autre ensuite ?
— Ta mère.
L'homme reprit de nouveau :
— Qui d'autre ensuite ?
— Ta mère.
— Ensuite ? demanda l'autre une dernière fois.
— Alors ton père.

Un matin, avant d'aller au collège, devant le miroir je couvre mes cheveux de gel. J'étale ça avec délicatesse. Ma mère me surprend. Elle entre, et là c'est comme si elle m'avait grillée en train de fouiller dans son sac ou de mettre le feu à la maison.

Ma mère dit :

— Dieu a créé l'homme et la femme. Dieu n'aime pas quand une fille veut ressembler à un garçon.

Pour une fois, elle me parle en français.

Je ne réponds pas ce matin-là.

Je ne l'embrasse pas.

Je quitte la maison avec une boule au ventre.

Je m'appelle Fatima Daas.

J'ai fait quatre ans de thérapie.

C'est ma plus longue relation.

À vingt-cinq ans, je rencontre Nina Gonzalez.

À ce moment-là, je me pense polyamoureuse.

Je fréquente deux femmes, Gabrielle et Cassandra.

Je trouve chez l'une ce qui manque à l'autre, sans savoir quoi.

J'ai la sensation que ma vie commence tout juste à avoir un semblant de stabilité.

Cassandra a vingt-deux ans.

Gabrielle en a trente-cinq.

Cassandra est « trop petite » pour moi.

Ma meilleure amie, Rokya, me charrie à ce propos :

— En fait, Fatima, ton truc, c'est les cougars !

J'ai croisé Cassandra plusieurs fois dans le milieu LGBTQI+, avant d'oser l'approcher.

J'ai tout de suite été touchée par sa fraîcheur, son air décomplexé, son innocence.

Cassandra n'avait rien d'une lesbienne, ni les codes vestimentaires, ni les valeurs communautaires, ni une ambition féministe surdimensionnée.

On s'est immergées dans le monde lesbien, les afterworks en non-mixité, les soirées Barbieturix, les soirées queers à La Java.

Je pensais ces espaces comme des refuges.

Cassandra et moi, on s'était mises en arrêt pour la Gay pride.

Une amie militante, qui m'avait entendue me vanter, m'a attrapée par le bras pour me corriger.

— La PRIDE, Fatima ! Ne dis pas la Gay pride, tu invisibilises les lesbiennes et tout le reste de la communauté en disant Gay pride.

Il y avait de la douceur dans ses paroles, et de la révolte.

Mais aucune agressivité.

J'apprenais avec elle.

J'ai remplacé la Gay pride par la pride.

Cassandra et moi, on ne savait pas encore que, étant lesbiennes, il y avait tout un monde à adopter ou à avorter.

Cassandra avait un parcours de vie qui me faisait oublier son âge.

Elle avait pris son indépendance très tôt.

À dix-sept ans, elle quitte Toulouse pour Paris, laissant derrière elle ses parents et ses petits frères.

Je dis « laissant derrière elle », mais Cassandra n'a rien laissé.

J'ai compris que partir ne signifie pas nécessairement rompre et abandonner.

Elle avait fait ce que je n'avais osé faire à cet âge-là.

Quitter le domicile sans s'en vouloir, sans être pour autant une grosse merde, sans avoir la sensation en franchissant la porte, pendant le déménagement, et des années plus tard, d'avoir trahi l'ensemble de ses valeurs familiales à cause d'une seule mauvaise décision.

J'enviais l'égoïsme de Cassandra, son besoin urgent de vivre le plus intensément possible, ses couchers tard et ses levers tôt.

Il suffisait que le temps lui permette de ressortir des vêtements d'été, qu'elle reconnaisse une ancienne musique dans un bar ou qu'une vieille femme lui rappelle de profiter de sa jeunesse pour qu'elle garde le sourire pendant au moins vingt-quatre heures.

Cassandra avait une gueule d'ange, mais seulement en apparence.

Dès le début, elle m'avait mise en garde.

— Ça m'arrive parfois de passer la nuit avec des hommes, mais quand je baise avec un mec je suis encore plus convaincue que j'aime seulement les femmes.

Quand ça arrivait, souvent elle était bourrée, elle

m'en parlait le lendemain. Je ne sais pas pourquoi elle m'en parlait.

Il y a des choses qu'on préférerait ne pas savoir.

Je lui en voulais à Cassandra.

Je ne le lui disais pas, ça faisait partie du « jeu ».

Il y avait des commandements à respecter.

Tu ne lui diras pas si elle te fait souffrir, si tu éprouves de la jalousie, de la tristesse ou de la rancœur.

Tu ne lui feras pas remarquer si elle te met à distance, si elle t'oublie un peu.

Tu ne lui avoueras pas que tu t'ennuies de son absence quand elle part pendant trois semaines à l'autre bout du monde, que tu attends impatiemment un appel mais que tu finis par recevoir au total deux messages.

Tu ne lui révéleras pas ce que tu ressens.

Transgresser ces commandements revenait à assumer qu'on ressemblait à ce qu'on ne voulait pas être.

« Un couple normal. »

« Une relation exclusive. »

« Un couple dans les convenances » avec de la jalousie, de l'appartenance, de la sécurité, de l'étouffement, de l'amour.

Si l'une tombait amoureuse, il fallait tout arrêter ou être capable de le cacher le plus longtemps possible.

Je ne disais rien à Cassandra.

Mes parents m'avaient appris l'art de la dissimulation.

Ne jamais rien dire.

Cassandra m'en voulait de ne pas lui en vouloir.

Je m'en voulais de lui en vouloir.

Gabrielle et Cassandra étaient ma stabilité aménagée, un semblant d'apaisement et de confort.

Lorsque Nina a débarqué dans ma vie, je ne savais plus du tout ce dont j'avais besoin et ce qu'il me manquait.

Je m'appelle Fatima Daas.
J'ai deux sœurs musulmanes : Hanane et Dounia.

Entre huit et dix ans, ma sœur Hanane m'apprend à faire les ablutions.
On s'installe dans notre chambre, elle me mime les gestes à faire, sans eau.
J'essaie à nouveau, seule, avec de l'eau.
Ça m'amuse.

Peu de temps après, j'apprends à faire la prière.
Je fais deux prières sur cinq.

Je commence à prier, réellement, sans faire semblant, à mes dix-sept ans. Avant, quand on me réveillait à l'aube, je me levais difficilement, la tête dans le cul, je faisais mine de faire les ablutions, mais je ne me passais pas d'eau sur le visage ni entre les orteils.
Je dormais debout en faisant la prière, allez, un, deux, un, deux. C'est fini ! Je retourne me coucher.

Je m'appelle Fatima.

J'ai du mal à me défaire de l'idée : je suis chtarbée, c'est pour ça que madame Guérin me reçoit dans son salon.

À chaque début de séance madame Guérin me demande si je veux boire quelque chose.

Si je n'ai pas froid, si je suis bien installée.

Je fais attention de ne pas croiser les bras, de ne plus triturer d'objet, parce que je connais très bien le bordel : le langage corporel et tout le reste.

Je l'affronte.

J'ai un sourire stupide, genre, je ne vais pas te dire ce que tu veux entendre.

Je lui relance les questions qu'elle me pose.

Elle rétorque qu'on n'est pas là pour parler d'elle, mais elle répond quand même à tout.

Je bricole avec des émotions contradictoires.

Ce que je raconte, c'est décousu, flou et troué de silences.

Madame Guérin, elle prend son pied quand elle voit que je suis torturée, quand je me retiens de balancer sa table contre le mur, quand elle insiste pour me faire parler de ma mère.

Je m'appelle Fatima Daas.

J'ai bientôt trente ans et très peu de souvenirs de mon enfance.

Très peu de souvenirs de Saint-Germain-en-Laye.

Je revois le Château-Vieux, les escaliers devant le café Le Saint-Malo. Les collégiens et les lycéens qui passaient leur après-midi là-bas.

La plupart fumaient.

Ils portaient presque tous des sacs Eastpak.

Au Monoprix, on allait voler du maquillage avec ma sœur Hanane pour faire plaisir à notre grande sœur Dounia.

À côté du Monoprix, la boulangerie Au nom du pain, le boulanger au crâne rasé dans son tablier vert, chez qui on passait chaque matin, avant l'école, avec Hanane, pour s'acheter un mélange de bonbons.

Quand on allait au McDo, c'était exceptionnel.

Il y avait une énorme aire de jeux de trois étages.

On était tout excitées.

On en parlait pendant quatre heures quand on rentrait à l'appartement.

Les samedis après-midi, on allait au parc de la Charmeraie, on faisait du vélo, on jouait à cache-cache ou à chat glacé avec nos cousins Bilal, Younes et Farid.

Mon cousin Bilal n'était pas souvent là.

Il rentrait tard, il sortait tôt.

Il a vécu un an chez sa copine.

Après la rupture, il a fait six mois de prison.

Ma tante prétextait que son fils était en vacances au bled.

Mon cousin Farid, qui habite maintenant à Barcelone avec sa femme et ses enfants, me faisait répéter une phrase en arabe.

Ana ghandi kalb kbir, qui signifie j'ai un grand cœur.

À cause de mon accent, la phrase était complètement transformée.

Au lieu de dire cœur je disais chien.

Cœur se prononce *qalb* ou *galb* selon les régions.

Chien se prononce *kelb*.

Je n'arrivais pas à faire ressortir le «q» du fond de ma gorge.

Je disais j'ai un grand chien.

Je n'ai pas de grand cœur.

Ça faisait rire mon cousin.
Ça faisait rire tout le monde.
Moi aussi à la fin.

Parfois, quand je parle algérien, on me comprend mal ou pas du tout, alors on demande à ma mère : Qu'est-ce qu'elle a dit ? Qu'est-ce qu'elle a voulu dire par là ?

Je ne veux pas que ma mère serve de médiation entre ma famille et moi.

Je ne veux pas qu'elle me traduise à eux.

Je ne veux pas être étrangère.

Un jour, on m'a raconté qu'Hanane s'était perdue dans le parc.

Je n'étais pas encore née.

On avait construit une cabane dans la forêt.
On donnait du lait à un chat noir.

Le monsieur qui boitait, assis devant le tabac tous les jours à partir de seize heures, faisait partie du décor de la ville.

Hanane et Dounia se moquaient de lui.

Elles le surnommaient « le bossu ».

Nos étés, on les passait à la fête des Loges.
On jouait aux Barbie dans la cuisine.

Younes, le petit dernier de mes cousins, me rendait folle.

Quand ça lui prenait, il me faisait plein de bisous sur la joue puis sur la bouche. Il prenait mes mains pour les mettre autour de son cou. Il me faisait des chatouilles, il me touchait un peu partout aussi.

Ça l'amusait.

J'allais me cacher dans le salon, sous la table. Ma mère était occupée, mon père regardait la télé.

J'avais envie de vomir.

Parfois j'explosais. Je criais, à bout de nerfs, et je fondais en larmes.

J'avais une boule dans la gorge, qui ne voulait pas partir.

Lui, Younes, ça le faisait beaucoup rire.

Le camion de glaces passait à partir du mois d'août.

On n'avait pas encore la notion du temps, mais on le reconnaissait grâce à sa petite musique.

Je me souviens que, moi, je n'avais pas trop le droit aux glaces, parce que ma mère avait peur pour mon asthme.

Ça me faisait pleurer, parfois, quand j'avais trop chaud et que mes sœurs oubliaient de se cacher pour déguster leur glace à l'eau.

Dans le jardin de la voisine, un après-midi, j'avais mis deux petits cailloux dans mes narines pour faire rire mes sœurs.

Un des cailloux était resté bloqué.

Au moment du dîner, je l'avais éjecté en éternuant. Ça avait inquiété ma mère.

Moi, j'avais beaucoup ri.

Le nom de l'assistante sociale, je l'entendais souvent : madame Brisby. On allait dîner parfois chez un couple de Français : Anne-Marie et Dominique. Anne-Marie était chirurgienne.

Les samedis matin, on allait à l'Arbre à pain : un centre de distribution alimentaire.

Ma grande sœur, Hanane, était sûre que plus tard j'allais être journaliste.

— T'as trop une tête de journaliste, Fatima.

On se demandait à quel âge on allait se marier.

Combien d'enfants on voulait avoir.

Autour de vingt-cinq ans. Toutes les deux.

Un garçon et une fille.

Hanane et moi, on se ressemble beaucoup.

C'est ce que tout le monde dit.

Petite, j'imitais son sourire.

J'imite encore son sourire.

Dehors, on nous a déjà confondues.

Hanane a sept ans de plus que moi, mais elle fait plus jeune.

Hanane et moi, on avait l'habitude de prendre des bains ensemble.

J'ai une photo de nous deux à Saint-Germain-en-Laye, dans la baignoire, sourire plein.

Un soir, ma tante emballe mon pouce dans une chaussette pour que j'arrête de le sucer. Elle me dit que je vais avoir les dents de travers.

— Tu veux ressembler à Biyouna ? C'est ça ?

Je ne sais pas qui est Biyouna, mais je ne veux pas lui ressembler.

Sur une photo, j'ai les cheveux qui partent dans tous les sens, je porte un long t-shirt blanc qui me va trop grand. J'ai les cheveux courts.

En famille, on regarde en boucle : *Maman, j'ai raté l'avion, Matilda, Edward aux mains d'argent, Fifi Brindacier, Madame Doubtfire.*

On écoute les mêmes musiques :

Gravé dans la roche, 7 Days, Sans (re)pères, Au summum, It Wasn't Me, Mystère et Suspense, What's Love, Ces soirées-là, Les Rois du monde, The Real Slim Shady, Oops !… I Did It Again, Trop peu de temps, Stan, I'm Outta Love.

J'écoutais ces musiques avec le walkman de ma tante quand j'étais à l'hôpital. Quand ma sœur Hanane me rendait visite à l'heure du déjeuner, elle découpait ma viande en petits morceaux.

Je pleurais, je ne voulais pas la manger.

Ce n'était pas halal. Je le savais, j'étais sûre.

J'étais dans un hôpital français, pas musulman.

Toute ma famille me faisait croire que c'était halal.

Dounia finit par me dire :

— Quand on est malade, on est pardonné, tu dois manger pour être en forme.

Je n'aime pas la viande.

Je ne suis pas végétarienne.

Mon père me force à manger du mouton le jour de l'Aïd.

Quand il sort de la pièce, je mets des bouts de viande dans mes poches.

Après coup, je les jette dans les toilettes.

Je tire la chasse, soulagée.

Merci, mon Dieu.

La voisine du septième étage se suicide.

Mon cousin Farid en profite pour lui voler son canapé.

C'est une Portugaise.

Son nom de famille, c'est Pereira.

J'arrête de voler à dix-sept ans.

C'est ma tante qui m'a tout appris.

Au marché, elle me dit de glisser des élastiques pour les cheveux autour de mon poignet et de baisser mon t-shirt manches longues.

La plupart du temps ça passe inaperçu, elle me félicite en me tapotant l'épaule.

Quand je panique, elle me dit que je suis une *behloula*, une débile.

On va dans les grandes surfaces, on boit et mange à volonté.

Je me trouve douée.

Mais je ne suis pas la meilleure.

Ma tante préfère Hanane.

Elle déteste la plus grande, Dounia.

Elle se moque d'elle.

De temps en temps, mon père prend sa défense.

La première fois que ma sœur Dounia fugue, on vit encore chez ma tante. Elle a seize ans.

Le soir, mon père la retrouve à la Défense avec deux copines.

Elle est en train de fumer.

Il la traîne par les cheveux.

Mon père est analphabète.

Il m'a appelée «mon trésor» pendant neuf ans.

Je m'appelle Fatima Daas.
Mon rapport à l'autre est inconstant.
Instable.

J'ai vingt-cinq ans quand je rencontre Nina Gonzalez. Elle en a trente-sept.

La première fois que Nina se livre à moi, on est à
Clichy-sous-Bois.
En face de la mairie.
Nina s'installe à côté de moi et dépose deux cafés.
Je la remercie d'avoir pensé à m'en apporter un.
Je n'ai jamais su si on pense l'une à l'autre de la
même manière, sans se le dire.
Il y a beaucoup de passage autour de nous.
Quand je suis avec Nina, sans le savoir je fais abs-
traction des enfants qui s'amusent à glisser sur la
rampe de l'escalier, je fais mine de ne pas avoir vu les
copains qui traversent pour aller au Chêne Pointu, je

n'entends plus les discussions bruyantes des autres à l'Orangerie.

Nina se raconte.

— Ma mère dit que tout me va bien, que tout ce que je porte me va bien. Enfin, tout me va bien depuis que ma mère ne m'habille plus.

— J'ai porté les mêmes vêtements de zéro à onze ans.

— Ma mère, c'est une femme froide.

J'ai envie de réagir, mais j'utilise les mêmes mots à chaque fois, depuis mes quinze ans, les mêmes mots : pas jolis, pas intenses, pas percutants. Les mêmes expressions boiteuses.

Et quand elle dit « Ma mère, c'est une femme froide », je n'ai plus du tout envie de parler, j'ai envie de la prendre dans mes bras. Au lieu de ça, je regarde par terre, j'arrache l'herbe, je lance des cailloux quand je ne sais plus quoi faire de mes mains.

Nina a des amies qui votent à droite.

Elle dit que la plupart sont hétéronormées mais qu'elle les adore quand même.

Je dis à Nina qu'il me reste des amies homophobes et que j'ai de plus en plus de mal à les adorer.

Le récit de la vie de Nina est entrecoupé par mes questions, nos silences, nos regards.

Elle tente de parler d'elle et c'est difficile, je le vois à travers son corps, elle a les jambes recroquevillées l'une sur l'autre, les bras à moitié croisés, la tête baissée.

Je l'écoute avec attention, comme pour tout mémoriser, pour tout écrire.

Je fais lire à Nina ce que j'écris.

Elle me demande un jour si je regrette ce choix.

Je réponds non sans même prendre le temps de réfléchir, par besoin de la rassurer sans doute.

Je regrette au moment où je lui envoie mon texte.

Je ne regrette plus le lendemain.

Je regrette de nouveau avec le temps.

Aujourd'hui, plus du tout.

— On a déjà écrit sur toi, Nina ?
— YES !

Putain ! J'ai l'impression qu'on vient de me chiper la dernière place restante sur le parking.

Nina reprend :
— Attends, tu veux dire est-ce que j'ai déjà écrit sur moi ?

Je reformule ma question plus lentement :
— Quelqu'un a déjà écrit sur toi, Nina ?
— Ah, ça. Non !

Je ressens la même satisfaction que quand je retrouve mon téléphone, croyant l'avoir égaré.

— Personne n'écrit sur moi. Mais n'écris pas sur moi, sinon tu vas devoir en dire des conneries.

On rigole en se regardant, assises l'une en face de l'autre, éloignées d'au moins quinze centimètres.

C'est comme s'il y avait un périmètre de sécurité avec Nina, que je m'efforce de respecter.

Un périmètre de sécurité virtuel que j'ai inventé de toutes pièces.

Tantôt j'ai peur d'être proche d'elle, tantôt de ne pas l'être suffisamment.

Depuis que j'ai rencontré Nina, j'écris tous les jours.

Je griffonne des bouts de phrases au sujet de toutes les femmes que je compare à elle, toutes celles que je ne peux pas aimer.

Silence.

Je regarde Nina, je lui demande si je peux écrire sur elle, précisant que c'est important pour moi d'avoir son consentement.

Elle répond à côté, comme souvent quand je la questionne.

Quand elle ne répond pas à côté, elle ne répond pas du tout. Ou alors elle sort une blague ou une expression philosophique complexe que je n'arrive pas à déchiffrer.

Je reçois un appel téléphonique, alors on ne termine pas la conversation.

J'y repense quelques jours plus tard sans oser en reparler.

J'y repense chaque fois que je vois son nom s'inscrire sur la page blanche de mon ordinateur.

Il m'avait dit « Tu n'écriras pas un livre sur moi ». Mais je n'ai pas écrit un livre sur lui, ni même sur moi. J'ai seulement rendu en mots – qu'il ne lira sans doute pas, qui ne lui sont pas destinés – ce que son existence, par elle seule, m'a apporté. Une sorte de don reversé.

Tout ce temps, j'ai eu l'impression de vivre ma passion sur le mode romanesque, mais je ne sais pas, maintenant, sur quel mode je l'écris, si c'est celui du témoignage, voire de la confidence telle qu'elle se pratique dans les journaux féminins, celui du manifeste ou du procès-verbal, ou même du commentaire de texte.

Je ne veux pas expliquer ma passion – cela reviendrait à la considérer comme une erreur ou un désordre dont il faut se justifier – mais simplement l'exposer.

Annie Ernaux, *Passion simple*

Je m'appelle Fatima Daas.
Je suis française d'origine algérienne.
Mes parents et mes sœurs sont nés en Algérie.
Je suis née en France.

Mon père disait souvent que les mots c'est « du cinéma », il n'y a que les actes qui comptent.

Il disait *smata*, qui signifie insister jusqu'à provoquer le dégoût, quand il voyait à la télé deux personnes se dire « Je t'aime ».

Par ailleurs, je crois que c'est terrible de dire « Je t'aime ».

Je crois que c'est aussi terrible de ne pas le dire.

De ne pas réussir, s'en empêcher.

L'amour, c'était tabou à la maison, les marques de tendresse, la sexualité aussi.

Quand mes sœurs arrivaient à convaincre notre père de nous laisser regarder *Charmed* à la télé (parce qu'il n'y en avait qu'une de télévision, qui se trouvait dans la chambre de mes parents), il suffisait que la main d'un homme frôle celle d'une femme pour que mon père dise *khmaj* et change de chaîne illico presto.

Khmaj, ça veut dire pourriture.

Je m'appelle Fatima Daas.
J'ai besoin d'alimenter plusieurs relations.
J'ai tendance à être polyamoureuse.
J'ai compris que je n'étais pas polyamoureuse.
Je ne tombe pas amoureuse.
Je ne crois pas au polyamour.

Un matin, dans les vapes, sous la couette, je tente d'émerger.

Gabrielle me demande si elle peut me dire quelque chose.

Je laisse entendre un oui d'une voix inquiète et encore tout endormie.

— Tu ne couches pas avec moi comme tu devrais.
Je ne dis rien. Mes sourcils se froncent malgré moi.

Gabrielle sort de la salle de bains, une serviette

blanche autour de la taille, elle s'assied au bord du lit, elle m'explique.

— Tu vois, Fatima, tu dis que tu ne m'aimes pas, que tu n'as pas aimé, que tu n'es pas tombée amoureuse, mais là, quand on est ensemble, sous les draps (elle dit ça en montrant le lit), là, sous la douche (elle dit ça en pointant du doigt la salle de bains), ta manière de me regarder, de m'attraper la nuque, de mordiller mes lèvres, ta manière de sentir mon cou, de poser ta main entre mes cuisses, tout ça, qu'est-ce que ça veut dire ? Tu me fais l'amour comme si tu m'aimais, mais ce n'est pas le cas. Soit on baise, soit on fait l'amour, Fatima. Mais arrête de faire semblant !

Sur ses mots, je me lève, j'attrape mon t-shirt Kaporal noir.

Gabrielle me regarde, elle n'hésite pas, elle me prend par la main, me fait asseoir à côté d'elle.

Depuis le début de la conversation, elle n'a pas bougé.

Je regarde ses pieds pour éviter ses yeux.

Je pense au café que je n'ai pas encore bu.

J'ai envie de sortir, d'appeler Nina.

De lui dire que je viens de comprendre quelque chose, là, tout de suite.

Mais Gaby relève mon visage avec deux de ses doigts.

Je reviens à elle alors.

118

— Ce n'est pas un reproche, ne te braque pas, c'est juste que ça me fait croire des choses. Et quand tu t'en vas, j'ai peur que ce ne soit définitif, que tu prennes la décision d'arrêter tout pour ta religion. Et que tu ne reviennes jamais dessus.

Je continue de voir le visage de Nina à la place de celui de Gabrielle.

Elle met une main sur ma bouche quand je m'apprête à parler.

Elle sait qu'il ne faut pas aborder les doutes.

Elle sait que ça me ferait fuir.

Elle m'embrasse langoureusement.

Je repense, en même temps qu'on échange nos salives :

« Tu me fais l'amour comme si tu m'aimais. »

Je lui dis qu'il faut que j'y aille.

Ce matin-là, je n'ai pas bu de café.

Gabrielle ne m'a pas retenue.

Et je n'ai surtout pas appelé Nina.

Je m'appelle Fatima.

Fatima est un prénom féminin, musulman.

Je suis censée être une fille, alors je commence à me maquiller au lycée.

J'ai les cheveux longs.

Je ressemble de plus en plus à une femme.

Ça plaît aux garçons.

Ça ne me plaît pas.

Je suis en couple avec un garçon depuis deux mois.

Il est tunisien, musulman, pratiquant.

Il s'appelle Adel.

Je le quitte une première fois.

Il me laisse du temps.

On finit par reprendre.

Je me répète : « Tu vas y arriver, Fatima, c'est un gars bien. »

On continue à sortir ensemble pendant un mois.

J'essaie de le voir le moins possible.

Je le trompe avec un assistant de langue qui travaille dans le même bahut. Un Mexicain avec un monosourcil et les yeux légèrement étirés.

Je joue la carte de la sincérité.

J'en parle à Adel.

C'est ce que les gens font, je crois.

Alors, je fais comme eux.

D'abord, il garde le silence.

J'ai peur qu'il ne perde confiance en lui, à cause de moi.

Je ne crains pas qu'il me quitte.

J'espère qu'il le fera.

Le silence est long, difficile à rompre.

Mon problème de communication prend toute la place.

J'ai les bras croisés et le dos tendu.

Adel déambule devant moi, sans rien dire, une main sur le crâne, faisant des va-et-vient du front à la nuque.

Il vient s'asseoir à côté de moi.

Il me regarde.

Il me parle.

Je ne dis rien.

Adel dit qu'il sait ce qui est le mieux pour moi.

— Tu as besoin de temps, Fatima !

J'ai la nausée.

On se sépare pour se retrouver.
Cette fois, je n'y arrive plus.
Ses moindres mots, gestes m'irritent.
Je fais tout pour que ça se termine mal.

Je m'appelle Fatima Daas.

Je viens d'une famille musulmane.

J'ai deux grandes sœurs, Dounia et Hanane.

Hanane prenait souvent l'exemple des relations humaines pour parler de la pratique en islam.

Elle disait si tu aimes quelqu'un tu t'investis, tu lui offres ton temps, ta bienveillance et tes attentions.

Tu alimentes la relation.

Avec Dieu c'est pareil, tu ne peux pas L'aimer sans avoir à le Lui prouver.

J'ai envisagé ma relation avec Dieu comme une relation à part entière, de l'investissement, de l'amour, de la confiance.

J'ai vite compris que je ne pouvais pas aimer Dieu sans Le connaître, encore moins faire de l'islam ma religion sans avoir des connaissances solides.

Je devais aimer Dieu et l'islam pour réussir à pratiquer avec envie et amour et non par contrainte.

Je trouvais cette manière de tisser un lien avec la religion juste, mais je comprenais dans le même temps que je ne savais pas très bien comment investir dans ce qu'on appelle «une relation», comment être dans cet élan-là : «prouver qu'on aime».

Avant, les vérités me paraissaient dangereuses à dire.

J'ai longtemps pensé que les choses se ressentent plus qu'elles ne se montrent.

Des restes de mon éducation : montrer par petites touches mais ne jamais dire.

Je m'appelle Fatima Daas.
J'ai fait trois ans de philosophie.

Ma mère disait souvent qu'il ne faut pas chercher à comprendre, se poser trop de questions ou remettre en question.

Dieu dit quelque chose, il ne faut pas attendre, il faut le faire. Il faut obéir. Pendant longtemps, je ne voyais aucun problème à cela. C'était la religion de mes parents, la bonne religion, la mienne.
J'ai suivi ce modèle à la lettre : faire ce qui était recommandé, sans laisser aucun doute planer.

Dépassée par les flux de pensées, j'ai fini par écouter Descartes plutôt que ma mère. J'avais décidé de réapprendre la religion par moi-même, de renaître.

Pendant mes études, je fréquente régulièrement la

mosquée qui se trouve à neuf cents mètres de mon université.

Un jour, je me confie à une étrangère.
Elle porte un voile noir qui retombe sur ses épaules.
Elle est assise à califourchon.
Elle vient de terminer sa prière.
Un petit trou dans sa chaussette laisse apparaître son gros orteil.
En m'approchant d'elle, je sens l'odeur du musc.
Ça me rappelle ma mère.

Deux femmes à l'autre extrémité de la salle discutent tout bas.
L'une d'elles tient dans ses mains un coran.
L'autre câline son enfant, allongée sur un tapis de prière.

Je suis prête.
— *Salam aleykoum oukhti.*
— Bonjour, ma sœur.

Je suis sur le point de lui expliquer l'histoire de mon amie :
Elle fait ses cinq prières par jour, mange halal, ne boit pas.
Elle évite de mentir, mais elle préfère les femmes.
Finalement, j'ai dit à peu près tout ça.
J'ai ajouté que mon amie porte le voile et qu'elle est marocaine.

J'ai dit ça comme pour dire ce n'est pas moi !

Je jette des coups d'œil aux deux femmes et même à l'enfant endormi, pour être sûre que notre discussion est bien protégée, pour être sûre que ma voix d'Algérienne ne porte pas trop.

L'étrangère dit que ce n'est «pas grave», que ça arrive, plus souvent qu'on ne le pense, à des personnes qui n'ont pas «une très bonne relation» avec leur père. Elle dit que la porte de la rédemption est ouverte, qu'Allah est miséricordieux.

— Seulement, il ne faut pas que tu rendes le *haram* en *halal*.

Elle avait dit «tu», mes jambes se sont mises à trembler.
J'ai passé ma langue humide sur la lèvre inférieure, que j'ai mordue juste après.

Elle s'est corrigée. C'était trop tard, la gêne était installée.

— Ton amie, pardon, je suis désolée, excuse-moi. Elle ne doit pas rendre licite l'illicite. Qu'Allah l'enveloppe de Sa grâce divine et lui donne force et courage, crée pour elle un miracle, un homme qui a des qualités féminines.

Je l'ai remerciée, j'ai dit que j'étais en retard à mon cours et qu'il fallait que j'y aille. Je sentais que mon teint avait viré au rouge. Moi qui m'étais persuadée de ne jamais rougir.

J'ai perpétué l'expérience, croyant trouver des réponses à mes questionnements, avec l'espoir que quelqu'un fasse un choix à ma place.

Je m'appelle Fatima Daàs.

Mes parents sont musulmans, mais je ne me souviens pas d'avoir reçu des enseignements religieux particuliers durant mon enfance.

Je n'ai fréquenté aucune mosquée, mes parents ne nous ont pas fait de cours à domicile, seulement quelques prêches occasionnels à l'âge adulte.

Ces prêches, quand ils avaient lieu, étaient gouvernés par mon père.

Ahmed.

Nous sommes dans le salon, mes sœurs et moi, assises en rond autour d'une table avec une nappe à fleurs.

Là, mon père s'installe en face de nous, il pose son café sur la table et s'enfonce dans son fauteuil préféré.

Il choisit un sujet, il dit *Bissmillah*.

Après ça, il fait entendre à chacune de nous ce qu'il lui manque pour être une meilleure musulmane.

Ces moments ne sont pas destinés à accroître notre savoir en islam.

Ce que mon père dit, nous le savons déjà.

Je crois que rien n'a été dit dans ma famille.

Le silence était le moyen de communication le moins codé.

Mes parents ne m'ont pas dit qui était Dieu avant de me parler de l'islam.

Alors je finis par apprendre seule à connaître Allah.

Je m'appelle Fatima Daas.

J'ai dix-sept ans.

Je retrouve Hugo en bas de chez lui.

Il est tard.

Je sais ce que je viens chercher.

Il veut ce que je veux, mais pas pour les mêmes raisons.

Il a les yeux marron clair et un nez qui prend beaucoup de place.

On s'allonge sur son lit.

Il me caresse les cheveux.

Il me parle de sa journée, mais je ne l'écoute pas.

Je commence à le déshabiller.

Il se décide enfin à me monter dessus.

Je me dis : « Fatima, tu vas kiffer. »

J'essaie de m'oublier avec un homme plus âgé que je n'arrive pas à désirer.

Je m'appelle Fatima Daas.
Je suis la *mazoziya*.
La petite dernière.
Celle à laquelle on ne s'est pas préparé.

À vingt-trois ans, j'entends ma mère dire à ma sœur Dounia que deux enfants c'est suffisant.

Elle insiste. «Je voulais m'arrêter après Hanane.»

Je suis assise à l'arrière de la voiture.

Je ne participe pas à la conversation.

Je fais comme si je n'avais rien entendu.

Je glisse discrètement mes écouteurs dans mes oreilles sans faire de gestes trop brusques.

Trop tard! Dounia réagit.

Elle me regarde dans le rétro intérieur.

— On a vraiment de la chance de t'avoir, je n'imagine pas ce que ça aurait été sans toi.

Elle dit ça avec un sourire.

Je lance une blague pour dissimuler ma gêne.

Même avec l'intervention de ma sœur, ma mère ne revient pas sur ses mots. Elle dit juste :

— C'est le *mektoub*.

Le destin.

J'écris le soir à l'encre noire dans un carnet rouge : *Je suis une erreur, un accident.*

Je m'appelle Fatima.

Adolescente, je suis une élève instable.

Adulte, je suis hyperinadaptée.

En quatrième, j'insulte ma professeure de mathé-matiques, madame Relca.

Elle a vingt-trois ans.

Elle vient d'avoir son concours.

C'est sa première année à Clichy-sous-Bois.

La première fois que je croise madame Relca dans les couloirs, je pense que c'est une nouvelle élève.

Elle porte un short, un t-shirt blanc et une veste noire.

J'explose de rire quand je la vois entrer dans la 406.

Elle pose son grand sac noir, retire sa veste et se présente à nous.

On se regarde tous avec le même air complice.

On sait qu'on va faire *zbeul*, le bordel.

Yahya mate madame Relca de haut en bas.
Je sais déjà à quoi il pense.
Tous les mecs de la classe, qui d'habitude se mettent au fond, se retrouvent au premier rang.
En plein cours, Yahya balance une blague coquine.
Il se fait virer.
On n'a pas revu madame Relca en short.

Je m'appelle Fatima Daas.

Je suis une chamelle adolescente.

Sur le chemin de l'école, j'observe les garçons.

Je me trouve meilleure.

Je ne sais pas ce que c'est, être un garçon, un homme.

Ni être une femme d'ailleurs.

Ma mère a longtemps rêvé que je le devenais.

Je n'aime pas les garçons mais j'aime leurs accessoires.

J'ai des caractéristiques masculines dont j'essaie de me défaire, parce que ma mère les déteste et qu'on ne cesse de me rappeler que je suis une fille.

Ce que les filles désirent, c'est être avec un garçon généreux, attentionné, viril, rassurant et protecteur.

Alors je cherche le problème chez moi.

Au retour d'un voyage, ma mère me laisse trois boîtes à bijoux sur mon bureau.

Je n'y prête pas attention tout de suite en entrant dans ma chambre.

Elles sont cachées entre l'huile d'argan et une barre de céréales Chips Ahoy ! qui traîne sur mon bureau depuis des mois.

Sur l'une des boîtes, il y a des roses dessinées sur un quadrillage rouge et blanc.

La deuxième boîte, c'est un carré avec un nœud papillon marron accroché sur le côté. Et la dernière, la plus jolie des trois, est rouge, simple et rouge. Elle se présente à moi comme un minicoffre aux trésors.

J'ouvre la première boîte.

Il y a une bague à l'intérieur.

Une bague en or avec une petite fleur.

Ce n'est pas du tout mon style.

J'aimais les bagues, les «bagues d'homme», en argent.

En arabe, on les appelle les bagues *fèdda*.

Mon père et mon oncle en portaient une.

Plus tard, je porterai à chaque doigt des bagues *fèdda*.

J'ouvre la deuxième boîte, la troisième.

C'est de l'or. Deux bracelets en or.

Le premier avec des cœurs, le second avec des fleurs.

Je me sens comme une adulte qui devient pourrie gâtée en retard.

Je m'efforce de penser que je suis heureuse que ma

mère me fasse une surprise. Il n'y a pourtant rien de surprenant, ma mère ne souhaite qu'une seule chose, que je reste à ma place de fille, que j'aime ce que je dois aimer, que je fasse ce que les filles font, que je me retrouve, me reconnaisse en tant que fille.

Ce cadeau est mignon, c'est ça le problème, ai-je pensé très fort.

Je m'appelle Fatima.
Je porte le nom d'un personnage sacré en islam.
Je porte un nom auquel je dois rendre honneur.
Un nom que j'ai sali.

Je prends le métro 1, je m'arrête à la station Neuilly - Porte Maillot.

Lorsque je sors du métro, je passe par la place de Verdun, je ne vérifie pas sur mon GPS, je sais qu'il faut que je tourne à droite à un moment donné pour arriver dans la rue de Chartres.

Je regarde les gens qui déambulent de partout, je me dis que c'est carrément chicos ici. Les mecs en costard qui marchent la tête haute et te donnent des coups d'épaule pour passer avant toi sur les petits trottoirs, à Clichy on les appelle les bouffons, ils sont serrés dans leur chemise, je ne suis pas sûre qu'ils respirent très bien.

Je déteste cet endroit, mais j'aime bien la femme qui y travaille.

Je viens d'avoir dix-huit ans. Elle en a trente-deux.

J'arrive devant la boutique. Il est dix-sept heures.

Ingrid discute avec une cliente.

Elle est brune, la quarantaine. Elle veut des mocassins rouges.

J'imagine Ingrid avec des mocassins rouges.

Ingrid porte une chemise blanche et un jean noir Levi's.

Je remarque qu'il lui manque un bouton à la hauteur de la poitrine.

Ici, je suis sûre de ne croiser personne.

J'entends le bruit du lavabo dans la petite pièce à côté.

C'est petit, il y a une odeur de carton, de renfermé.

Cet espace ne dit rien de ce qu'on est, de ce qu'on forme.

Il n'officialise rien.

Il ne dit rien de moi.

Il ne dit rien de nous.

Je me glisse au fond de la boutique.

Je fais mine de chercher ma taille.

Il n'y a rien qui me plaît.

La cliente s'en va, Ingrid me fait signe de venir dans

la remise du magasin. Elle entre après moi, elle se met près de la fenêtre. Je la rejoins.

— Tu as perdu un bouton, ou quoi ?
— Arrête ! Va plutôt prendre une chaise !

On colle deux chaises près du radiateur.

On regarde ensemble par la fenêtre. Ça donne sur une cour.

Il n'y a personne.

Ingrid met de la musique, pour l'éteindre quelques minutes après.

Elle ne me regarde pas. Mes yeux font le tour de son visage.

Il y a des cartons entassés autour de nous.

L'odeur d'Ingrid se mélange à celle des chaussures.

Je caresse ses cheveux.

Elle me demande d'arrêter. Je m'exécute.

Elle ouvre la fenêtre, elle allume un pétard et moi je m'éloigne pour la regarder.

Elle me demande de m'approcher.

Je reste un instant.

Je m'approche, je retire les chaises qui nous séparent.

J'ouvre les boutons de sa chemise en la regardant.

— Arrête de me regarder comme ça ! Tu me stresses !

Elle se retourne. Mes doigts impatients retirent sa chemise. Je la dépose sur le radiateur.

— Je n'ai pas le droit de te regarder, Ingrid ?

Je caresse ses épaules.

Ma langue lèche ses taches de rousseur.

Sa peau a un goût de vinaigre.

Je redessine sa colonne vertébrale.

Je serre sa taille en l'embrassant.

Il y a une sonnerie. Un signal se déclenche quand un client entre dans la boutique. Ingrid s'en va pour revenir.

Elle prend son téléphone, je crois qu'elle se regarde.

Je pense à son fils.

Elle me demande de venir dormir chez elle ce soir.

— Je te ferai des trucs. Le sexe, c'est du partage, Fatima, arrête de trop réfléchir tout le temps.

J'explique à Ingrid que j'ai trop de trucs dans la tête.

Ce jour-là, je finis toutes mes phrases par « c'est tout ».

Ingrid me demande de me confier, de lui parler de moi, de lui dire ce qui me bloque. Je ne réussis pas.

— Tu es complètement bouchée et tu attends que les autres s'ouvrent à toi.

Elle a dit « bouchée ». Je tournerai ce mot dans tous les sens pendant une semaine. Bouchée : fermée, obstruée, bornée, imbécile, faire obstacle au passage de quelque chose, empêcher…

Je prends la main d'Ingrid, je l'embrasse.

Je ressors de la boutique.

Dans le métro, je cherche désespérément mes écouteurs au fond de mon Tote Bag. Tout est très mal rangé : lunettes de soleil, paquet de mouchoirs renversé, rouge à lèvres, roman froissé, passe Navigo, Ventoline.

J'arrive enfin à mettre la main sur mes écouteurs, je les enfonce dans mes oreilles. Je mets le volume au maximum.

Lil Wayne, *Tha Carter IV.*
Life is the bitch, and death is her sister.
Sur le chemin, je reçois un message d'Ingrid : « Je suis désolée. »
Je relis le message au moins quatre fois.
Je finis par supprimer le numéro d'Ingrid, je mets mon téléphone en mode avion et le range dans la poche arrière de mon jean.

J'éteins la musique.
Je mets le Coran.

À la maison, ma mère ne supporte plus d'entendre du rap américain à longueur de journée.
Je baisse le volume parce que je trouve ça irrespectueux.
J'écoute de moins en moins le Coran.
Je préfère la musique.

Je m'appelle Fatima Daas.

Je porte le nom d'un personnage symbolique en islam.

Je porte un nom musulman.

Alors je me dois d'être une bonne musulmane.

Je fréquente la mosquée de Sevran.

J'entre dans la salle de prière, je trouve l'imam assis sur une chaise. Il n'y a personne, alors j'en profite pour lui demander si je peux lui parler.

C'est le ramadan. Ma gorge est sèche, j'imagine que la sienne aussi.

L'imam a une longue barbe rousse et de petites lunettes discrètes.

Il porte un *qamis* blanc. Ça lui donne un air pur.

Il ne me regarde pas.

Il fixe ses pieds dans des chaussettes blanches qui remontent jusqu'aux chevilles.

— J'ai une amie lesbienne musulmane. Tout le monde pense que ça n'existe pas. Je veux dire être musulman et homosexuel. On lui dit que l'homosexualité est un phénomène social, une notion occidentale pas adaptée à des personnes musulmanes. Je voulais avoir votre avis, comment la conseiller, comment faire pour qu'elle ne se sente pas excommuniée.

Après m'avoir écoutée longuement, Barbe-Rousse me répond. Il a une voix douce.

— Il existe des chrétiens homosexuels comme il existe des lesbiennes musulmanes. Dieu sait mieux que nous, et nous ne savons rien. Dieu a créé les péchés en sachant que nous pécherions. Mais l'homosexualité est interdite en islam, il faut s'en éloigner. Votre amie doit multiplier ses invocations, continuer à pratiquer et en faire plus : prier la moitié de la nuit, jeûner le lundi et le jeudi. Dites-lui de demander de l'aide à Dieu, de L'invoquer, de se repentir. C'est son épreuve.

Je dis merci à l'imam.

Une épreuve : nom féminin.
Événement douloureux, malheur.
Expérience à laquelle on soumet une personne qui est susceptible d'établir la valeur positive de cette qualité.
Difficulté qui éprouve le courage de quelqu'un, qui provoque chez lui de la souffrance.

— Le mariage, c'est la moitié de la religion. Peut-être qu'elle devrait se marier avec un homme et fonder une famille.

Mes pieds se tordent dans mes chaussettes grises, je me gratte la nuque. Je commence à transpirer, je ne retire pas ma veste. Je tente de me reprendre pour ne pas avoir l'air de trop comprendre mon amie.

L'imam se met à réciter des références qu'il connaît par cœur.

Dieu dit à propos de l'homme et de la femme :
« Elles sont un vêtement pour vous et vous êtes un vêtement pour elles. » Sourate *Al-baqara*.

« De toute chose nous avons créé deux éléments d'un couple afin que vous vous rappeliez. »

« Parmi Ses signes, Il a créé pour vous et de vous des conjoints *azwajen* afin que vous trouviez auprès d'eux la tranquillité et qu'il y ait entre vous amour et bonté. »

— Vous comprenez, madame ?

Je n'ose pas dire que l'homosexualité féminine n'est pas abordée dans le Coran. Je n'ose pas non plus dire que seule l'histoire de Sodome et Gomorrhe l'évoque explicitement. Qu'on ne parle pas d'homosexualité, mais de viol d'hommes sur des jeunes hommes, et pas de relation homosexuelle consentie.

Je repense aux hadiths, communications orales des traditions relatives aux actes et aux paroles du prophète Mohammed, alors je ne dis rien.

Je repars avec le numéro d'un psychologue musulman.

Les nuits suivantes, je les passe à parcourir des forums, à lire, à écouter des savants.

Je parle d'homosexualité avec ma famille.

Je m'emporte parfois.

Je lance une blague un peu homophobe pour dissimuler.

Je rentre chez moi après mon entretien avec l'imam.

Je me mets en pyjama.

Avant d'aller aux toilettes, je dis une invocation que ma mère m'a apprise : *Bissmillah Allahoumma inni Aoudhou Bika mina l-khoubouthi wa l-khaba'ith.*

«J'entre en citant le nom d'Allah, ô Allah, je recherche Ta protection contre la nuisance des démons mâles et femelles.»

Chez nous, après chaque passage aux toilettes, on se lave les parties intimes avec de l'eau, de la main gauche, puis on s'essuie.

J'entre aux toilettes du pied gauche et j'en ressors du pied droit.

À la sortie des toilettes, je dis :

Al hamdou li Lahi ladhi adh haba anni l'adha wa afani.

« Je loue Allah pour m'avoir accordé la sortie de ce qui aurait nui à ma santé. Et je Le loue pour m'avoir protégée. »

Dans la salle de bains, je me lave les mains avec du Palmolive.

Je dis : *Bissmillah ar-rahmani R-rahim.*

« Au nom de Dieu aimant et miséricordieux. »

Après cette invocation, je peux commencer mes ablutions.

La purification rituelle est obligatoire pour accomplir la prière.

Je me lave les deux mains jusqu'aux poignets, trois fois. Je vérifie à chaque fois que l'eau pénètre entre les doigts, et je me rince la bouche, trois fois. J'introduis de l'eau avec ma main droite dans mes narines, trois fois. Je me lave le visage, trois fois, puis l'avant-bras droit, et le gauche, jusqu'aux coudes. Je passe mes mains humides sur la tête jusqu'à la nuque et les ramène jusqu'au front. Du pouce et de l'index humides je frictionne l'intérieur et l'extérieur de mes oreilles. Enfin, je me lave les pieds jusqu'aux chevilles, en commençant par le pied droit. Trois fois.

Je me sèche en disant : *Ach hadou ana la illaha illa Allah wa ach Adou Ana Mouhamad Rasoulou Allah. Allahouma Jalni Mina Tawabin wa mina el moutatailiyin.*

« J'atteste qu'il n'y a de Dieu qu'Allah et que Mohammed est Son messager. »

J'entre dans ma chambre. Je m'assieds.
Je dis *Aoudou Billah Mina cheitan i rajim* en regardant le plafond.

Je m'apprête à faire une prière surérogatoire.

Allah U Akbar, Allahu Akbar.
Ach'adou an la Ilaha illa-llah, Ach'adou an la Ilaha illa-llah.
Ach'adou ana Mohammadan Rasulu-l-Lah.
Hayya Ala-salat, hayya ala-salat, Hayya ala falah, hayya ala-l-falah.
Allahu Akbar, Allahu Akbar.
La Ilaha illa-Allah.

« Dieu est le plus grand, j'atteste qu'il n'y a de divinité que Dieu seul. J'atteste que Mohammed est l'envoyé de Dieu. Venez à la prière. Venez à la félicité. Dieu est le plus grand. Point de divinité hormis Dieu. »

Je me tiens debout sur mon tapis de prière. Je lève les deux mains à la hauteur des épaules en disant Dieu est le plus grand. Je pose les mains sur ma poitrine. Je récite la première sourate : *Al-fatiha*. Prologue.

« Au nom d'Allah le Tout-Miséricordieux, le Très-Miséricordieux.

Louange à Dieu, Seigneur de l'univers.

Le Tout-Miséricordieux, le Très-Miséricordieux.

Maître du jour de la rétribution.

C'est Toi, seul, que nous adorons et c'est Toi, seul, dont nous implorons le secours.

Guide-nous dans le droit chemin.

Le chemin de ceux que Tu as comblés de faveurs, non pas des égarés ni de ceux qui ont encouru Ta colère. »

Je récite une deuxième sourate. Je choisis *Al-ikhlas* : le monothéisme pur.

Qul Howa Allahu Ahad. Allahu As-Samad.
Lam Yalid Wa lam Yulad.
Walam Yakun Lahu Kufuan Ahad.

« Dieu : Il est Allah, unique.

Allah, le seul à être imploré pour ce que nous désirons.

Il n'a jamais engendré, n'a pas été engendré non plus.

Et nul n'est égal à Lui. »

Après ça, je dis *Allah U Akbar* en m'inclinant. Je

garde la tête en ligne droite et je pose les deux mains sur les genoux en écartant les doigts. Je dis *Soubhana rabi al'athim*, «Gloire à mon Seigneur le Très-Grand», trois fois. En regardant vers la qibla.

Je me redresse, je lève la tête, mon buste est droit, je lève les mains à la hauteur des épaules en disant: *Sami'Allahou liman Hamida.* «Allah écoute bien celui qui Le loue.»

Je me prosterne à terre. On appelle ça *soujoud*.

Allahu Akbar.
Agenouillée, je pose les mains par terre, de telle sorte que, avec le front, le nez et le dessous des orteils, sept parties de mon corps touchent le sol.
Dans cette position, je dis: «Gloire à mon Seigneur le Très-Haut.» *Soubhana rabi al Ala.*
Je reviens sur les genoux et me prosterne une seconde fois.

Debout, les mains sur la poitrine, tournée vers la qibla, je récite *Al-fatiha* et une autre sourate que je connais par cœur.
La qibla, c'est la direction de La Mecque, de la Kaaba.

Je termine ma prière en récitant *Tachahoud la chahada.* Je suis maintenant assise sur mon tapis de prière, je bouge l'index de haut en bas, en décrivant un cercle, tandis que les autres doigts sont repliés dans ma main droite.

« Toutes les salutations, les prières et les bonnes paroles sont à Allah. Que la paix soit sur le prophète, ainsi que la miséricorde d'Allah et Ses bénédictions. Que la paix soit aussi sur nous et sur tous les serviteurs vertueux d'Allah. J'atteste qu'il n'y a pas de Dieu digne d'adoration, excepté Allah, et j'atteste que Mohammed est Son serviteur et messager.

Que le salut soit sur Mohammed et sur la famille de Mohammed comme il l'a été sur Abraham et sur la famille d'Abraham, Tu es certes digne de louanges et de glorification. »

Je salue à ma droite, puis à ma gauche en disant : « Salutations et paix sur vous, ainsi que la miséricorde d'Allah. » *Assalam aleykoum wa Rahmatoulah wa barakatou.*

Une fois la prière terminée, j'implore le pardon de Dieu.

Je récite une invocation que je complète de mes propres supplications.

« Ô mon Seigneur Allah, Tu es la paix et de Toi vient la paix, à Toi la bénédiction, ô mon Seigneur Allah, le Très-Vénéré et le Très-Généreux, il n'y a pas d'autres divinités sauf Allah, unique sans aucun associé, à Lui le royaume, à Lui la louange. Il est le

Tout-Puissant. Pardonne-moi, mon Dieu, mes mauvaises pensées, mes mauvaises actions, ce que j'ai pu dire et faire consciemment et inconsciemment. Je me réfugie auprès de Toi, car Tu es le seul secoureur, le seul à savoir ce qu'il y a dans nos cœurs. »

Je T'aime, Grand Dieu.

Je m'appelle Fatima.

Je crois que je communique mieux qu'avant. J'arrive à dire « Ça me fait plaisir que… », « Merci pour… », « J'ai aimé passer du temps avec toi ». Mais j'ai encore l'impression d'en dire trop. Parfois, j'exprime mes émotions avec distance et retenue. Parfois, ça ne donne rien. Parfois, je me bloque. Je me tais. Parfois, je parle trop.

Un soir, je suis dans la cuisine avec ma mère.

Elle attend Hanane qui ne devrait pas tarder.

Pour faire passer le temps, elle enlève les assiettes du lave-vaisselle.

Je viens de finir de manger mes lasagnes.

Je suis assise au bar.

Ma mère me demande si j'ai vu mon ami Yann aujourd'hui.

Je dis qu'il s'est fait plaquer par son copain, qu'il préfère être seul.

Elle ne me demande pas comment il va.

Elle ne veut pas le savoir.

Lazim i toub. Il devrait se repentir.

J'hésite entre poursuivre la discussion et changer complètement de sujet.

Je finis par l'affronter quand même.

— Je ne comprends pas, mama !

— Fais attention à tes fréquentations. *Hadok nass maderehomch shabak.* Ces gens-là, n'en fais pas tes amis proches.

Ma mère dit ça sur un ton très calme, posé, comme si ce n'était qu'un rappel, qu'un conseil bienveillant.

Alors je reprends ses termes.

Je dis qu'ils ne font de mal à personne, « ces gens-là ».

Comme si « ces gens-là » étaient une espèce étrangère.

— Ces gens-là se font du mal à eux-mêmes !

En m'entendant parler, j'ai encore une fois envie de dégueuler.

— Dieu dit soit tu les guides sur le droit chemin, soit ils te font couler avec eux.

Ma mère avait déjà dit cette phrase dans un tout autre contexte.

Je crois qu'elle pense que l'homosexualité peut être une influence.

J'essaie de faire comprendre à ma mère que l'homo-sexualité n'est pas un choix.

Ma mère ne veut pas comprendre que je ne change-rai pas mes fréquentations.

— Dieu ne blâme personne. Il n'est pas injuste.

Je pense aussi très fort que Dieu ne blâme per-sonne.

Il est *Al-hakim*. L'infiniment sage dans toutes Ses actions. Celui qui juge, mais qui est le plus juste et le plus judicieux, parce qu'Il est le plus savant.

Je regarde ma mère, je veux l'adoucir.
— Tu sais qu'il y a des musulmans dans ce cas-là ?
— *Makènch*. Ça n'existe pas. *Machi mousslimine.* Ce n'est pas des musulmans !

Je me lève, je ne supporte plus d'être assise.

Je ne veux plus croiser le regard de ma mère.

Je me mets à ranger les verres qu'elle a posés sur le bar.

Je veux lui donner un coup de main, mais elle est trop rapide.

En quelques minutes, elle a quasiment tout rangé.

Ma mère sent que la discussion m'agace, alors elle tente de se rattraper en vain.

— Ces gens-là me font de la peine, ils ont besoin de soutien.

— Tu sais quoi? C'est pas grave, mama! Aujour-
d'hui on peut tout être : violeur, tueur en étant
musulman, sauf être un homme et en aimer un autre.
D'entrée de jeu, on l'élimine, on le fait sortir de la religion. Mais qui sommes-nous pour interférer dans la
foi et la pratique de quelqu'un? Et puis tu ne crois pas
qu'ils auraient préféré aimer les femmes?

À aucun moment je ne dis les mots « gay » ou
« lesbienne »; je dis « ils » par pudeur. D'ailleurs, je
réaliserai plus tard qu'on n'a jamais abordé l'homosexualité féminine avec ma mère, comme si ça n'exis-
tait pas.

Je finis par arrêter de nourrir l'échange.

Je dis à ma mère que je commence à tomber
malade, je le sens, j'ai froid.

— Je vais dans ma chambre, mais tu peux venir.

Elle attend Hanane, mais elle me suit quand même.

On parle de tout autre chose.

Je ne peux pas m'empêcher de penser aux mots
qu'elle m'a dits.

Je m'appelle Fatima.

Chez moi, on attend le mois de ramadan pour dîner en famille.

Un soir, avant de rompre le jeûne, mon père dit qu'il s'en fiche de ne pas avoir eu de garçon. Il dit aussi que, contrairement à lui, notre mère en aurait voulu un.

Ma mère ne dit rien.

Ce soir-là je comprends que je ne suis pas celle que mes parents attendaient.

Leur fille fantasmée.

Je suis le fils qu'ils n'ont pas eu.

Je m'appelle Fatima Daas.
J'ai un faible pour la fragilité.
Un faible pour l'hypersensibilité.

En soirée, avec Cassandra, je tombe sur Nina.
Nina est avec un groupe de cinq personnes.
Cassandra et moi, on a retrouvé un couple d'amies.
Cass est tombée amoureuse de cet espace.
Elle aime le velours rouge, les boiseries marron clair et les ciselures.
On fait des allers-retours entre le jardin et la piste de danse. L'été touche à sa fin. Beaucoup restent à l'extérieur, bière à la main, clope dans l'autre, par terre, affalées sur des transats, assises à plusieurs sur une même chaise en bois, à rire, à papoter, à se rouler des pelles.

Cassandra et moi on danse ensemble.

Je ne peux pas m'empêcher de regarder Nina du coin de l'œil.

Elle bouge avec ardeur, les yeux fermés.

Le jeu de la lumière sur son visage me perturbe.

Là, tout de suite, je n'ai plus du tout envie d'être dans cette ambiance.

Nina chuchote à l'oreille de Thierry.

Et sans savoir pourquoi, je suis déjà inquiète.

Thierry, c'est son ami qu'elle connaît depuis plus de six ans.

Nina se faufile entre les corps suants qui s'élancent sans harmonie.

Je sens la chaleur monter jusqu'à ma tête.

Je reboutonne ma chemise hawaïenne en regardant Nina quitter la piste de danse.

J'attends qu'elle s'éloigne un peu, puis je demande à Thierry ce qu'elle lui a dit.

Je laisse Cassandra dans la foule. Je rejoins Nina, elle s'est assise sur la banquette rouge qui encercle la piste de danse.

Elle se met en boule, Nina, la tête dans les bras, comme la maîtresse nous ordonnait de le faire à l'école primaire, quand on chahutait.

Je m'assieds à côté d'elle.

J'attrape sa main.

— T'es triste ?

Elle fait oui de la tête.

— Tu veux venir dans mes bras, Nina ?

Elle ne répond pas, mais elle se blottit contre moi.

Je l'entoure de mes bras, pose une main sur sa hanche. Ma main remonte délicatement.

Je peux sentir sa fragilité, elle est palpable.

Elle est sur son dos, autour de sa colonne vertébrale.

Elle est dans ses poignets, dans ses veines qui transparaissent sous la peau des avant-bras, dans ses yeux fuyants, dans sa gorge nouée, sur ses lèvres sèches qui retombent, dans sa respiration saccadée.

Nina s'est remise en boule instinctivement et je suis restée la regarder.

— Ça va ?

— Toi, ça va ? qu'elle m'a renvoyé.

Elle a fermé les yeux. Je n'ai pas répondu.

J'ai caressé ses bras en faisant des va-et-vient des mains aux coudes, des coudes aux épaules.

Elle était tendue, mais je sentais qu'elle lâchait prise à mesure que je remontais sa colonne vertébrale jusqu'à la nuque.

Je l'ai longuement regardée avant de redessiner son visage, de caresser les moindres traits.

Je faisais attention de ne montrer aucun désir.

Nina me chuchote à l'oreille :

— Pourquoi tu ne la rejoins pas ?

Je fais comme si je ne comprenais pas ce qu'elle veut dire.

— Tu parles de qui, là ?

Nina me regarde avec un air méprisant, elle dit :

— À ton avis ? Ta copine, Cassandra ?

Je m'appelle Fatima Daas.
Je suis la petite dernière de la famille.
La *mazoziya*.

Mon professeur de sport m'annonce devant toute la classe : Tu n'es pas méchante, petite Fatima, tu manques seulement d'affection.

J'ai mal au ventre.
J'ai envie de vomir.

Je m'appelle Fatima.
Je regrette qu'on ne m'ait pas appris à aimer.

Un jeudi après-midi, j'insulte ma professeure de mathématiques, madame Relca.
Je sens une chaleur sur ma nuque.
Mes mains sont moites.
Elle ne dit rien.
Elle est là, devant moi, debout, comme un panneau stop.
Elle range ses affaires.
Une main sur son sac, prête à partir.
Et moi, je suis là, face à elle.
Impuissante.
J'ai l'impression de me faire ridiculiser.
«L'ignorance est le pire des mépris.»
En deux minutes, cette phrase avait pris tout son sens.

Il y avait deux personnes avec madame Relca dans la salle ce jour-là. Oumaima, la fille la plus grande de la classe, et Rudy que tout le monde appelait Rud ou par le terme infamant de *pakpak*.

Je suis là.

Personne ne me regarde.

Je demande à madame Relca à plusieurs reprises pourquoi elle m'a collé un rapport derrière le dos, sans même me prévenir.

Personne ne répond.

Je me rapproche de plus en plus de madame Relca.

Je hausse la voix.

Oumaima se met entre nous.

Ça donnait l'impression que j'allais lui en foutre une.

Je ne sais pas si je voulais lui en foutre une.

Je ne sais pas si je l'aurais fait, s'il n'y avait pas eu Oumaima entre nous.

Je traite madame Relca de grosse salope en quittant la salle.

Elena, une surveillante, plaque sa main sur ma bouche, comme pour m'empêcher de faire une connerie.

Déjà commise.

Je descends dans la cour.

Je me mets en boule dans un coin.

En face, il y a une vitre, on peut voir l'infirmerie.

Des élèves viennent me voir.

Ils me demandent si ça va.

Au fond de la cour, un garçon et une fille se battent.

Je me relève, je cogne le mur derrière moi.

La fin de la récréation sonne, j'ai le poing en sang.

On vient me chercher.

Je suis convoquée chez madame Salvatore.

J'entre dans son bureau.

Madame Salvatore retire ses lunettes, on dirait madame Legourdin dans *Matilda*.

Elle me dit de m'asseoir. Je m'exécute.

À ma droite il y a madame Relca, debout, les bras croisés.

Madame Salvatore ne me demande pas ma version des faits.

Ça ne l'étonne pas que je me retrouve encore dans son bureau.

— Je vais te faire dégager pour de bon !

Je m'appelle Fatima.

Je recherche une stabilité.

Parce que c'est difficile d'être toujours à côté, à côté des autres, jamais avec eux, à côté de sa vie, à côté de la plaque.

Nina me fait entrer chez elle, en s'excusant.

Je lui dis que j'ai connu pire.

Chez Nina, il y a un petit couloir de deux mètres qui mène à sa chambre. Là, il y a un lit défait, sous le lit des mégots, sur son bureau une télé entourée de livres.

Il y a une guitare et à côté des vêtements qu'elle laisse traîner.

Je me sens bizarre chez Nina et en même temps je m'y sens bien.

Il y a quelque chose de rassurant dans ce désordre,

comme si je trouvais ma place, comme si c'était un peu mon intérieur.

J'ai la prétention de penser que je vais mettre de l'ordre dans la vie de Nina, alors qu'il n'y en a même pas dans la mienne, alors que je ne suis même pas foutue de ranger ma chambre, de faire mon lit, qu'à mon âge c'est encore ma mère qui s'en occupe.

Avec Nina à mes côtés, je suis moins bizarre. Moins folle. Moins bouchée.

Il est sept heures trente.

On s'allonge enfin.

Nina met une vidéo sur sa tablette, elle dit que ça l'aidera à s'endormir.

Elle met une main sur son cœur et l'autre sur ses côtes.

— T'es là parce que ça ne va plus avec Cassandra ? T'es avec moi parce que toi aussi tu vas te faire larguer ? Pourquoi t'es pas repartie avec une autre, pourquoi t'as pas pécho ce soir ? T'as prévenu Cassandra au moins ? Tu lui as dit qu'on rentrait ensemble ?

Je ne réponds rien à Nina.

Je reste la regarder avec mon air je-m'en-foutiste qui ne s'en fout pas du tout. Plus je la regarde, plus je pense à *La Vie matérielle*.

À ce que dit Duras.

Je crois que l'amour va toujours de pair avec l'amour, on ne peut pas aimer tout seul de son côté, je n'y crois pas à ça, je ne crois pas aux amours désespérées qu'on vit solitairement. [...] Ce n'est pas possible d'aimer quelqu'un à qui vous ne plaisez pas du tout, que vous ennuyez, totalement, je ne crois pas à ça.

Nina a la couette jusqu'au cou.

Je sens son regard me traverser.

— Tu sais, Fatima, je ne peux pas t'offrir ce que tu veux. En couple, je suis mélancolique et taiseuse. En fait, je n'ai rien à offrir.

— Tu sais, Nina, tu parles à la place de tout le monde sauf à la tienne !

— Et toi, Fatima, tu me veux seulement parce que je te dis non !

Entendre cette phrase m'irrite, sans doute parce qu'elle renferme une vérité, mais je n'arrive pas à savoir de quelle vérité il s'agit.

Je comprends à cet instant que je n'aurai pas Nina et que dans le même temps je continuerai à la désirer.

Je m'appelle Fatima.

Je suis une petite chamelle apeurée.

Madame Salvatore prend un téléphone qui se trouve sous un tas de feuilles blanches.

J'imagine qu'elle appelle ma mère. Ça ne répond pas.

J'avais donné un faux numéro.

— Le numéro de ton père ?

— Connais pas.

Je réponds sans la regarder.

Madame Salvatore se lève et sort, elle laisse la porte entrouverte.

Je me retrouve seule avec madame Relca dans le bureau.

— Je ne suis même pas énervée, Fatima, juste déçue.

Je ne dis rien.

Je ne peux pas parler.

À quoi je pense quand elle me dit ça ?
Peut-être à ma mère que je vais encore décevoir.

Elle a les larmes aux yeux.
J'ai le regard noir.

Madame Relca ne veut pas que je passe en conseil de discipline.

Madame Salvatore me dit que j'ai de la chance.

Je n'étais pas ce qu'on appelle une «mauvaise élève».

Je ne comprenais pas pourquoi on voulait me faire partir, m'exclure, me mettre à la rue.

Se débarrasser de moi, comme d'une vieille paire de chaussures.

Ou peut-être que c'était moi qui désirais m'en aller.

Quelques jours après avoir insulté madame Relca, je vois ma mère et Hanane apparaître au collège.

Madame Salvatore referme la porte derrière nous.

Elle dit que je me prends pour un garçon, que je suis en train de mal tourner.

J'ai honte.

Je ne sais pas de quoi précisément, mais quelque chose dans les paroles de madame Salvatore me gêne.

Peut-être que j'ai honte de me prendre pour un garçon.

J'ai honte qu'on me rappelle, devant ma mère, ce que je ne suis pas.

Je m'appelle Fatima Daas.

Je le sais très vite quand une personne va marquer mon existence.

Parfois, je me demande si ce n'est pas moi qui décide.

J'ai besoin de contrôler.

J'ai besoin de me contrôler.

J'ai besoin de contrôler toutes mes émotions.

J'ai besoin de contrôler l'autre.

Quand Nina me pose des questions sur ma famille, je me surprends à parler, puis je cesse d'un coup.

Je m'immobilise.

Je fixe du regard une tache d'humidité.

Une tache grasse ressort à travers la peinture acrylique sur le plafond.

Mon père m'avait appris que la peinture à l'eau ne bloque pas les taches grasses, elles finissent par transparaître à travers ces peintures que tout le monde pense miraculeuses.

— T'as l'impression de trop donner.

Il n'y a aucune intonation dans la phrase de Nina, alors je ne réponds pas.

Je ne veux pas lui dire que je ne parle pas de ma famille.

Je ne peux pas lui dire que ma mère m'a appris très jeune à laisser les problèmes à la maison, qu'elle a la phobie du *bara*, du dehors.

Je ne peux pas vraiment dire qui est ma mère, qui est mon père.

Je ne peux pas lui dire que mes parents sont encore ensemble sans savoir pour quelle raison, qu'avec mes sœurs on a passé des années à essayer de convaincre ma mère de le quitter, mais que notre souhait ne s'est pas exaucé.

Que ma mère n'a pas exaucé ce souhait parce qu'elle pensait que ça détruirait la cellule familiale.

C'était pour nous, pour « notre bien » qu'elle restait mariée.

Je ne pouvais pas non plus lui dire qu'à seize ans ma sœur Dounia a fugué pour la première fois, qu'elle s'est fait violer, que le soir même mon père lui a dit *khchouma*, la honte.

Ma sœur était la honte de la famille, elle l'avait cherché.

Je lui ai quand même dit que ma sœur s'est fait violer.

Sans lui parler de la réaction de mon père ni de tout ce qui s'est passé après.

Je n'ai pas eu seulement l'impression de «trop donner» à Nina, j'ai eu la sensation de trahir un secret de famille dont j'avais un peu honte.

Après ça, j'ai juste dit que je ne voulais pas qu'on parle de moi.

Elle n'a pas insisté.

Nina, elle savait faire avec moi.

Il y a eu un gros blanc, mais ce n'était pas un de ces moments gênants.

Elle avait un petit sourire malicieux au coin des lèvres, je la voyais venir.

— Elles sont lesbiennes, tes sœurs? Vous avez fait des trucs ensemble?

Elle a explosé de rire.

J'ai ri aussi.

Son humour, je le trouvais trop hard-core, trop décalé à chaque fois.

Nina sourit du coin des lèvres, je pense tout bas qu'elle est magnifique. Et ça me fait mal au ventre de ne pas pouvoir le lui dire, pour une fois que je suis prête, prête à parler, à communiquer, à faire ces choses que je n'ai pas su faire toutes les fois où Ingrid m'a demandé de parler, toutes les fois où j'aurais dû rassurer Gabrielle.

Quand je dis au revoir à Nina, j'ai l'impression qu'on se dit adieu.

Ibn Qayyim al-Jawziyya a écrit dans *La Médecine des cœurs* :

Il n'y a pas sur terre quelqu'un de plus malheureux que l'amoureux, même s'il trouve doux le goût de la passion. Tu le vois pleurer en toute situation, par crainte d'être séparé de ses bien-aimés ou par désir de les rencontrer. Loin de lui, il pleure parce qu'ils lui manquent. Proches de lui, il pleure par crainte de la séparation. De chaudes larmes lors de la rencontre et de chaudes larmes lors de la séparation.

Je m'appelle Fatima Daas.
Je suis française d'origine algérienne.

Je prends l'avion pour la première fois à treize ans.
Ma mère et mon père ont peur de l'altitude.
Une fois installées à bord, mes sœurs et moi, on reçoit un petit livre rouge.
À l'intérieur, il y a une invocation à réciter lors d'un départ.

Je lis la traduction avant la phonétique pour comprendre ce que je m'apprête à dire. « Allah est le plus grand, Allah est le plus grand, Allah est le plus grand. Ô Allah, nous Te demandons de nous accorder dans ce voyage la bonté pieuse, la crainte ainsi que tout acte qui Te satisfait. Ô Allah ! Facilite-nous ce voyage et raccourcis pour nous sa distance. Ô Allah, Tu es notre compagnon de voyage et le successeur auprès de nos familles. Ô Allah, je cherche refuge auprès de

Toi contre la fatigue du voyage, contre toute source de chagrin et contre tout malheur qui toucherait nos biens et nos familles à notre retour. »

À l'aéroport, une grande partie de la famille nous attend.

Les deux familles sont mélangées, celle de ma mère et celle de mon père. Ma mère m'indique de la main où mes familles se trouvent en disant *Rakétchoufihom*. « Tu les vois ? »

Je découvre une foule, des bras qui s'élancent pour faire coucou.

J'entends des rires.

J'aperçois un enfant assis sur les épaules d'un homme au crâne chauve.

J'ai l'impression qu'il lui manque une jambe.

Je souris bêtement.

À mesure qu'on avance, je ne peux pas m'empêcher d'observer les familles tout autour pour savoir comment réagir quand j'aurai parcouru cette ligne droite et que je me retrouverai devant les miens.

Je prends pour modèles les familles qui se saluent, sans savoir que chaque retrouvaille est unique.

Une barrière grise nous sépare de ma famille d'Alger.

Il y a nous : les touristes qui débarquent du pays qu'ils connaissent bien.

Et puis, il y a « eux » : ma famille.

Eux, ils font corps.

Ils forment un ensemble logique, avec le même système de pensée d'une famille à l'autre, les mêmes perspectives, les mêmes projets, les mêmes peurs et les mêmes envies.

En Algérie, la France, c'est à la fois un sac à merde et le paradis.

Je m'appelle Fatima Daas.

Je suis musulmane.

J'ai rendez-vous avec l'imam Kadir à quatorze heures à la Grande Mosquée de Paris.

J'arrive.

Je suis en avance.

Il me fait attendre dix minutes devant son bureau.

Il est encore en rendez-vous avec une jeune femme que j'ai aperçue en ouvrant la porte, avant qu'il me dise de patienter.

Elle n'est pas très grande, un peu pâle.

Une fois la porte refermée, je ne peux m'empêcher d'imaginer ses cheveux sous son voile bleu : un carré blond polaire.

Je me rappelle à l'ordre bien vite.

Tu es à la mosquée, Fatima.

Je suis debout devant la porte.

Les mains dans les poches.

Je me demande ce qui se dit à l'intérieur.

Je me surprends à penser à Dounia.

Quand on était à Saint-Germain, elle écoutait aux portes de nos parents.

Je marche dans le couloir en imaginant, comme Dounia, plusieurs scénarios. La fille au carré blond polaire souhaite se convertir à la religion musulmane.

Elle a peut-être des questions sur l'héritage en islam ou elle a décidé de divorcer.

C'est cliché de se dire qu'elle est mariée.

Je m'appelle Fatima Daas.
Je suis la fille d'Ahmed Daas.

Le ciel d'Alger est dégagé.
Il fait un temps sec, une chaleur étouffante.

Les premiers jours, je découvre le village où mon père a grandi.
La route qui mène à la maison de ma grand-mère.
Une route sinueuse, des trottoirs trop petits et détruits.
Sur le chemin, on esquive les poubelles renversées.
Les gamins qui courent de partout et passent entre nos jambes.

À quelques pas de la maison de ma grand-mère, pendant mon séjour, plusieurs commerçants m'interpellent pour savoir si je suis la fille d'Ahmed Daas.

Personne ne m'avait jamais dit que je ressemblais à mon père.

Je ne connais personne. On me reconnaît.

L'Algérie est un pays musulman.

On entend, cinq fois par jour, *Al-adhan*, l'appel à la prière.

En sortant de chez ma grand-mère paternelle, je vois des hommes qui se dirigent vers les mosquées du village, vêtus de *qamis* : longue robe qui descend jusqu'aux chevilles.

Dans la maison de Dieu, le vendredi, les femmes sont moins nombreuses que les hommes.

Je m'appelle Fatima Daas, je suis une petite chamelle sevrée.

En Algérie, je suis la petite fille parfaite.

Celle qui regarde par terre, qui ne hausse pas trop
la voix, qui écoute sa mère, qui sourit à tout va, qui
reste silencieuse sans pour autant paraître timide ou
coincée. J'ai de la discussion, mais je fais attention de
ne pas prendre trop de place.

Dans la cour, j'entends des bêlements.

Je ne cherche pas d'où viennent ces cris.

Je me dis que ça doit venir de l'extérieur.

Dounia me montre les moutons derrière la grande
bâche bleue.

Je les regarde un par un, sans m'approcher d'eux.

Dounia se souvient d'une Aïd passée en Algérie
quand elle était petite.

Elle me raconte qu'elle s'amusait dans cette même
cour, avec un mouton qu'elle appelait *sahbi Vandou*.

Mon ami Vandou.

Moi, je repensais au mouton que mon père voulait que je déguste pour l'Aïd.

Je m'appelle Fatima Daas.
Je suis née par césarienne.
Dans une famille musulmane.

À la Grande Mosquée, l'imam doit entendre les mêmes histoires plusieurs fois par jour. Alors, j'essaie en même temps de répéter la mienne d'histoire en formulant la chose le plus simplement possible.

J'avais eu cette idée en faisant la prière de l'après-midi, *Al-asr*, dans la grande salle au rez-de-chaussée, à côté de femmes.

Comme moi.
Des musulmanes.
Comme moi.

Là, l'imam peut ouvrir la porte à tout moment.
Ce sera à moi de parler.
La jeune femme au voile bleu va s'en aller.
Je ne la croiserai plus.

L'imam refermera la porte derrière nous.

Une chaleur va me parcourir.

Je devrai raconter l'histoire de mon amie lesbienne musulmane.

Je m'appelle Fatima Daas.

Je suis la fille de Kamar Daas.

Dans la famille de ma mère, tour à tour, des personnes viennent me prendre dans leurs bras.

Elles ont les yeux qui brillent.

Quand mes tantes embrassent ma mère, elles pleurent, une par une.

Quand elles embrassent mes sœurs, elles leur racontent les souvenirs qu'elles ont gardés d'elles.

Je contemple mes tantes.

J'avais eu l'occasion d'entendre leur voix au téléphone, mais j'aurais été incapable de les reconnaître.

Je les appelle par leur prénom.

C'est peut-être un peu *khchouma*, la honte.

Je veux passer inaperçue, mais c'est moi qu'on regarde.

On regarde celle qui est née là-bas, en France.

Celle qu'on ne connaît pas du tout, qu'on sur-
nomme Titi.

Qui est grande et trop maigre.

La nuit, dans la famille de ma mère, tout le monde
est debout, même les plus jeunes.

On nous installe autour d'une grande table.

Plusieurs femmes quittent le salon, mais reviennent
avec un plateau.

Elles essaient à chaque fois de faire plus de place
sur la table.

J'ai peur que quelque chose ne tombe, peur de faire
un faux mouvement, de casser un verre, qu'on ne me
voie comme la petite fille maladroite.

J'ai extrêmement chaud, mais je n'ose rien boire.

— *Darek hna, dar manek, dar ymek, ma tkhechmech.*
« Ici c'est chez tes grands-parents, chez ta mère, chez
toi, tu ne dois pas avoir honte. »

Je ne crois pas avoir honte.

Je ne suis pas habituée à manger devant une assem-
blée de personnes.

À la maison, on dîne souvent à des heures différentes, rarement ensemble.

Ma tante Zara apporte un tajine *zitoune* qu'elle pose
au centre de la table. On est invités à manger un plat
algérien ensemble, sans assiettes ni couverts. C'est ma
première fois en Algérie.

Mon premier vrai repas en famille.

À la fin, on a droit à des gâteaux de toutes les couleurs, roses aux amandes, marron au miel, accompagnés d'un thé à la menthe délicieux.

Plusieurs membres de ma famille me répètent que je suis la *mazoziya*, la petite dernière.
J'aime la sonorité du mot *mazoziya*, avant de comprendre sa signification.

Je suis bien accueillie par ma famille inconnue.
Mes tantes sont «tactiles». Mes parents le sont moins. Ou pas du tout.
Je découvre les premiers câlins, les embrassades, les caresses, les compliments, les mots doux.

Je passe des après-midi à visiter la ville, la nature, les villages, des nuits à discuter avec mes cousines qui me racontent des anecdotes qu'elles ont déjà entendues et répétées un million de fois.

J'aime la chaleur algérienne.
Elle me manque quand je rentre en France.

L'imam ouvre la porte sans sourire. La femme s'en va.

Il me souhaite la bienvenue. *Marhba*.

Il ne se présente pas, mais il me propose chaleureusement de m'installer en me montrant une chaise qui se trouve en face de son bureau.

Il ne me sert ni café ni thé.

Je me dis qu'à la maison il doit bien recevoir ses invités.

L'imam Kadir a l'air d'être quelqu'un d'organisé, de généreux.

Sur son bureau, il y a des classeurs empilés, un cadre avec une photo de lui et sa famille à La Mecque.

Je repense aux paroles de Rokya, ma meilleure amie :

« Il n'y a que sur les photos qu'on est heureux. »

Sur son ordinateur, il accroche des post-it roses et jaunes.

Par curiosité, je tente de décrypter son écriture, mais je ne vois que dalle.

C'est la calligraphie d'un toubib.

Je ne peux pas être indifférente à l'odeur de renfermé.

J'ai envie de déposer une bougie parfumée à la lavande sur son bureau.

Les traces d'humidité sur le plafond, ça me rappelle le déménagement.

Les premiers jours à Clichy-sous-Bois.

Je me lance :

— J'ai une amie que je connais depuis longtemps qui a un problème. En fait…

Je me crois aux urgences, l'écriture illisible du médecin.

Aucune réponse aux questions, juste des faits, encore des faits.

Des termes médicaux incompréhensibles.

L'imam commence ses phrases en arabe, il les termine en français.

— *Keyna wahda* solution. C'est l'islam, madame.

L'imam, c'est aussi un docteur.

Il est paternaliste, il répète qu'il faut prendre sérieusement le traitement et ne pas l'arrêter. Sauf que, là, j'ai la sensation que je vais passer au bloc pour qu'on m'opère, suite à quoi on m'annoncera qu'on ne peut plus rien faire pour moi.

— Elle n'aime pas trop les garçons, en fait c'est bizarre… ce n'est pas qu'elle ne les aime pas… c'est… genre…

Entrer dans le bureau de l'imam, c'est entrer dans le bureau du proviseur. J'ai encore fait une bêtise, une erreur, je vais être sanctionnée.

Je dois trouver le plus rapidement possible une manière de légitimer mes actes, un moyen de m'excuser et promettre que je ne recommencerai plus.

Tout au long de ma discussion avec l'imam, je fixe des yeux une petite étagère blanche qui se trouve juste au-dessus de son épaule.

Ça me permet de fuir son regard.

— Les garçons, c'est des amis pour elle… des frères… en fait… elle aime mieux les filles…

Sur l'étagère, il y a quelques livres.

Un coran à la couverture rouge.

Mon attention se porte sur un livre assez épais qui a pour titre : *Jouis de ta vie.*

— Elle aime bien les filles… Mais, en fait… pas comme des amies, elle les aime bien, bien, vous voyez ? Après, avec son père… c'est tendu aussi…

donc… moi je me dis… il y a peut-être… Comment dire ? Genre… Un lien ?

L'imam tire sur sa barbe à chaque fois qu'il s'apprête à parler.

Encore un trouble obsessionnel compulsif !

Wech rahé der haja mal. Elle ne souffrirait pas *loukèn kanète darèt haja mlekha* – Ce qu'elle fait, c'est quelque chose de mal. Elle n'en souffrirait pas si c'était un bien pour elle.

L'imam ajoute :
— Dieu a créé Adam et Ève, et non pas Ève et Ève. Après le mariage pour tous, on acceptera le mariage avec les animaux ou les enfants.

Tard la nuit, je me répète les paroles de l'imam dans mon lit.

Je jeûne le lundi et le jeudi.

Je prie deux fois plus.

J'écoute le Coran.

Je ne fréquente plus de femmes.

Je ne fréquente pas d'hommes non plus.

J'ai cette phrase, dans la tête, que je me répète sans cesse : Adore Dieu comme si tu L'avais en face de toi. Si tu ne Le vois pas, Lui, certes, Il te voit.

Je pleure, prosternée devant l'immensité de Dieu.

Je tremble en récitant les versets.

« Mon Dieu, fais-moi miséricorde. En Toi, je place ma confiance. »

Je supplie Dieu de me garder près de Lui.
Allah a quatre-vingt-dix-neuf noms.
Je Le supplie en citant Ses plus beaux noms.
Ar-rahman, le Très-Miséricordieux ; *As-salam*, la Paix, la Sécurité, le Salut ; *Al-ghaffar*, le Tout-Pardonnant.

Dieu dit : « Celui qui s'approche de Moi d'un empan, Je M'approcherai de lui d'une coudée, s'il s'approche de Moi en marchant, Je M'approcherai de lui en courant. »

Je dis mon amour tout bas, les yeux remplis de larmes, la voix tremblante, le cœur lourd. Je jure de ne plus recommencer, d'être à la hauteur, d'alimenter ma foi, de cultiver ma croyance et mon adoration.

Je jure sans promettre.

Pourtant, il y a cette voix derrière, qui prend toute la place.
C'est comme si c'était une partie de moi, non, quelque chose de plus fort, de plus grand, mon double. Le double qu'on ne peut pas faire taire.

Cette voix, c'est mon *nafs* – mon âme – qui m'incite au « mal ».

Je m'appelle Fatima.

Je porte le nom d'un personnage symbolique en islam.

Je porte le nom d'une Algérienne.

J'ai vingt-deux ans, je retourne en Algérie après trois ans d'absence.

Du côté de mon père.

On se réunit pour discuter dans le salon.

On parle de la voisine qu'on a aperçue hier matin, elle portait un jean «trop serré». On parle de Bilal, qui a pris six mois de prison, et de sa mère qui est dépassée.

On parle d'un oncle qui visite sa mère sans rien apporter avec lui.

Pas même un kilo de bananes.

On me demande où j'en suis dans les études, quel

métier je veux faire, si j'aimerais rester définitivement en Algérie.

Je dis juste en quelle année je suis à la fac, c'est suffisant, personne ne cherche à en savoir davantage de toute façon.

Je ne parle pas de mes trois réorientations, de mon année de chômage…

Je ne veux pas faire honte à mes parents.

«Et le voile? Tu comptes le porter? Et pourquoi tu n'es toujours pas mariée? Il ne faut pas attendre, c'est bien d'avoir des enfants tôt.»

Parfois, j'ai envie d'être moi. Dire ce que je pense.

Mais les mots de mes parents m'envahissent.

«Qu'est-ce que la famille va penser quand elle va apprendre que…»

«Tu vas nous foutre la honte.»

«Ils vont aller répéter…»

«Ils vont te faire une réputation.»

«Ils vont tous parler sur toi.»

«Les gens parlent sur nous.»

«Tu veux salir notre image?»

J'embrasse le front de ma grand-mère paternelle.

Elle a des dessins au henné sur les mains.

Elle me tient le bras avec vigueur.

Dès que je me lève pour partir, elle me demande de rester. Avant, ma grand-mère racontait beaucoup d'histoires, elle est devenue silencieuse.

Elle ne me reconnaît pas, elle me remercie d'être venue la voir et me demande toutes les dix minutes si on est bien arrivés.

— *Manné*, grand-mère, c'est Fatima, la fille d'Ahmed. Tu sais, ton fils qui vit en France…

Là, elle serre deux de mes doigts. Puis ferme les yeux.

La même année, ma grand-mère fait un accident vasculaire cérébral.

Elle meurt cinq jours après.

Elle a quatre-vingt-huit ans.

Ma grand-mère meurt dans la camionnette de son fils.

Elle rentre de chez le kiné.

Il est onze heures du matin.

Lorsque ma sœur Dounia l'apprend, elle m'envoie un SMS : *Manné est morte.*

Je demande à Dounia le numéro d'Ahmed Daas.

Je téléphone à mon père.

Il décroche.

Il me demande qui je suis.

Je dis d'une voix inaudible : « C'est Fatima. »

— *Allah y Rahma*, qu'elle repose en paix.

— Je n'ai pas pu arriver à temps pour voir ma mère vivante, j'espère au moins la voir morte.

On raccroche, j'ai froid dans le dos.

Mon père prend le vol pour Alger de seize heures le jour même.

Je repense à la première fois que j'ai écrit.

Je n'ai pas pu rencontrer mes grands-pères.

Ils sont morts, mais ils continuent de vivre à travers des anecdotes. Parmi celles qu'on a pu me restituer pendant mes voyages, il y a celle du djinn.

On raconte qu'un jour mon grand-père mangeait une part de *kalb al-louz*, un « cœur d'amande », une pâtisserie algérienne.

Assis sur un banc au cimetière el Kettar de Bab el-Oued, mon grand-père finit ses dernières bouchées quand un djinn, un mauvais esprit, apparaît devant lui.

On ne sait pas trop sous quelle forme.

Le djinn demande à mon grand-père de lui donner un bout de gâteau.

Connu pour sa générosité, mon grand-père l'informe que le marchand se trouve juste en face du cimetière.

Lorsque mon grand-père s'apprête à partir lui acheter un gâteau, le djinn explose de rage. Il veut la dernière bouchée.

On dit que le djinn lui aurait jeté un sort ce jour-là.

Mon grand-père paternel est décédé quand mon père était adolescent.

Mon père dit que son père n'a jamais levé la main sur lui, alors qu'il tapait tous ses frères et sœurs.

La plus âgée de mes tantes dit qu'il les tapait tous, mais que mon père a dû oublier.

Mon père dit que son père le réveillait pour manger de la viande en pleine nuit.

Mon père dit que son père était un homme, comme il n'y en a plus aujourd'hui.

Adulte, de retour en France, j'écris dans un carnet : *J'ai l'impression de laisser une partie de moi en Algérie, mais je me dis à chaque fois que je n'y retournerai pas.*

Je m'appelle Fatima.

Je porte le nom d'un personnage symbolique en islam.

Je porte un nom auquel il faut rendre honneur.

Un nom qu'il ne faut pas salir.

Je suis chez ma meilleure amie, Rokya.

Roky, ma magie.

Elle sait reconnaître les moments où sa présence est indispensable et quand elle doit me laisser de l'espace.

Avec Rokya, on parle de Nina pendant des heures en mangeant des cochonneries. On mélange sucré, salé, on se goinfre de bonbons.

C'est comme si on avait encore douze ans.

— Je me demande comment tu fais pour ne pas être saoulée par mes histoires de filles, Roky.

— Arrête de m'appeler Roky parce que je vais te

péter tes deux dents de devant. Tu feras moins la belle comme ça.

— Mais c'est trop sexy, Roky !

— Commence pas, Fat. Y a pas d'histoires de filles, tu parles que de Nina. T'es peut-être monogame, en fait.

Rokya rit de sa propre blague. À mesure que son sourire s'élargit, ses fossettes se dessinent.

Elle est sublime.

Elle réussit à me décrocher un sourire.

Elle a toujours réussi, et cela, depuis le collège.

— Tu ne me saoules pas, Fatima. Nina, c'est particulier. Tu la regardes comme si c'était Godot. Je te jure, elle ne sait pas ce qu'elle perd, la meuf, elle ne sait pas ce qu'elle rate. Tu veux que je te dise la vérité ?

Je ne réponds pas.

Rokya sait que je suis passée au mode silence radio.

Je l'écoute.

— J'ai confiance en la personne que t'aurais été avec elle. J'ai confiance en la petite amie que tu peux être, même si t'es bizarre comme meuf. En vrai, t'es grave bizarre, Fatima. Faut se le dire. T'es maladroite, t'es perchée, tu fais la Don Juana et tu merdes grave parfois. Avec Nina, je ne sais pas pourquoi, mais je sais que t'aurais été fidèle, patiente, bienveillante. Tu ne l'aurais pas baladée. Tu n'aurais pas pu fuir. En fait, si, je sais pourquoi.

Rokya marque une pause, c'est un peu comme si elle prenait la température, ma température, comme si elle voulait s'assurer que j'étais prête à l'entendre.

Tu es amoureuse.

Tu es tombée amoureuse de quelqu'un qui porte un fardeau.

Ce n'est pas une mauvaise fille, Nina.

Ce n'est peut-être pas le moment.

Je pense qu'elle a peur.

Elle a peur que ça se passe bien.

Elle te craint, alors elle s'invente des histoires pour pas te faire confiance.

Ça la rassure.

Elle te pousse à aller vivre d'autres histoires.

Et c'est violent pour toi.

Je sais que tu détestes parler de mérite, mais tu mérites qu'on t'aime et qu'on te donne énormément en retour.

Et même si tu fais la meuf sûre de soi, tout le temps, genre inatteignable, détachée, qui ne souffre pas, moi je sais que c'est violent pour toi.

Nina, elle ne t'a pas donné assez, mais elle t'a offert sa fragilité.

Et c'est ça, la confiance, Fatima.

J'ai les larmes aux yeux, je demande à Rokya de sortir de sa propre chambre.

Elle accepte. Elle me laisse. Elle ferme la porte derrière elle.

Elle revient. Elle ouvre la porte. Elle passe la tête.

Elle dit : «Ouvre la fenêtre, fume une clope, tranquille, et *call me* quand j'aurai le droit de redevenir ta pote, *darling*.»

Je vais m'asseoir sur le bord du lit de Rokya. Son lit blanc. Ikea.

Je mets Deezer sur mon téléphone : Kendrick Lamar, *Love* : *I'd rather you trust me than to love me. If I didn't ride blade on curb, would you still love me ?*

Il y a de la buée sur la vitre. Je me lève et j'écris : *Roky Sexy !*

Je retourne m'asseoir sur son lit.

J'étire mes doigts comme pour me préparer à faire quelque chose de décisif.

Je fouille dans mes poches de manteau. J'attrape mon téléphone.

Je tape la première lettre de son prénom dans le répertoire téléphonique, la deuxième, la troisième, la quatrième… jusqu'à ce que je voie son nom apparaître. En entier. Devant moi.

Nouveau message :
Nina,
J'efface. J'inspire doucement comme on m'a appris à le faire à l'école de l'asthme.
J'expire.
Je recommence.
Nina,

Nina,
Je suis désolée de ne pas être à la hauteur, je serais incapable de te dire ces paroles de vive voix. Parfois, il faut écrire, un message, un poème, une chanson, un roman, pour faire le deuil d'une histoire.

J'ai essayé de m'expliquer tes réactions, tes non-réactions, ton comportement, mais ça reste flou.

J'avais beau partir, je revenais, Nina, parce que j'avais envie de faire mieux, j'avais envie de respecter ton rythme, de m'adapter à tes gestes, à ton langage. J'avais encore des trucs à te prouver : te prouver que tu es différente, qu'avec toi c'est différent, que j'ai les épaules assez larges pour porter ta douleur, que je suis bien mieux avec toi que sans.

J'aurais aimé que ce soit plus simple, Nina. Et toi tu penses que ce n'est pas la facilité que je désire.

J'ai eu la sensation de me prendre des murs et de venir en redemander à chaque fois. Je me retire à contre-cœur. Et je sais que tu me regarderas partir.

Je n'ai plus peur de te le dire. Tant pis si ça te fait flipper. Tant pis si tu trouves que c'est trop et si ça t'angoisse. Tu as le droit de l'accueillir ou de le rejeter.

Tu es digne d'être aimée, Nina.

Je m'appelle Fatima.

Fatima Daas.

Je suis née accidentellement, par césarienne.

Je porte le nom d'un personnage symbolique en islam.

Je porte un nom auquel il faut rendre honneur.

Un nom qu'il ne faut pas salir.

Le jour de mes vingt-neuf ans, je vais voir ma mère.

J'ouvre la porte.

La reine est dans son Royaume.

Il y a une jolie odeur de musc.

Un mélange de vanille et de fruits.

Je pose mon sac à dos par terre.

Je dis *Salam aleykoum* ma chérie.

Elle me dévisage, répond à mon *salam* sans mot doux.

Aleykoum salam, Fatima.

Ma mère porte une djellaba en coton, verte, avec des motifs floraux et un gilet en laine. À ses pieds les mêmes pantoufles roses que ma sœur Dounia lui a offertes il y a trois ans.

Du khôl noir dessine ses yeux marron.

Elle a refait une coloration au henné.

Je trouve ma mère de plus en plus belle.

Je l'embrasse, comme d'habitude, sur le front.

Ça fait deux semaines que je ne lui ai pas donné de nouvelles.

Elle n'a pas essayé de m'appeler.

Elle ne m'a pas écrit.

Mais je peux sentir son inquiétude.

Je lui demande comment elle va. Elle répond *El hamdoulilah.*

Elle ne me renvoie pas la question, je fais comme si.

— Moi aussi, ça va, mais je suis claquée. J'ai encore fait une insomnie hier. Et avant-hier aussi.

Ma mère répond juste *Takhmem* qui signifie « cogiter ».

Je lui fais un sourire complice.

— *Wech kayèn ?*

Quand ma mère demande *Wech kayèn* – Qu'est-ce qu'il y a ? –, c'est une manière de dire : « Quoi de neuf ? »

Et quand elle me pose cette question, je ne pense qu'à une seule chose.

J'ai envie de lui raconter ce qu'elle ne sait pas encore.

Mais au lieu de ça je dis «Bah, rien, et toi?», avec le même air débile, je-m'en-foutiste, que j'ai gardé de l'adolescence.

Ma mère sort des madeleines du four, elle les dépose sur le bar avec deux verres de thé. Elle dit qu'elle les a faites ce matin, après la prière, parce qu'elle n'arrivait pas à se rendormir.

Je suis bien la fille de ma mère.

Takhmem. Cogiter.

Je me dis alors qu'il n'y a aucun lien entre les madeleines et mon anniversaire.

Ma mère réplique:

— Goûte!

À l'intérieur des madeleines, il y a une petite boule au chocolat blanc.

Ça croustille quand je croque.

L'odeur des madeleines remplace celle du musc fruité.

Ma mère propose pour la première fois de m'apprendre à cuisiner des madeleines.

Pour en faire à celui que j'aime.

— *Gagh nass thèb lmadlène!* – Tout le monde aime les madeleines!

Je pense aussi fort qu'elle que tout le monde aime

les madeleines, surtout celles de ma mère, mais je ne lui dis pas.

Je préfère lui demander naïvement :

— Mais si on aime quelqu'un qui ne nous aime pas, on lui fait quand même des madeleines ?

— On n'aime pas les gens parce qu'ils nous aiment en retour.

On les aime. C'est tout.

Et quand elle dit ça, aussi efficacement en une seule phrase, je me dis que c'est le moment de répondre à sa question, *Wech kayèn ?* Quoi de neuf ? Qu'est-ce qu'il y a ?

Il n'y a personne à la maison. Je suis seule avec elle, dans son Royaume.

Ma mère me demande si je reveux du thé.

Je ne suis plus là, je me formule des choses dans ma tête en veillant à ce que ma langue tourne sept fois dans ma bouche.

Je ne réponds pas.

Ma mère me sert de nouveau un verre de thé.

Elle en reprend aussi.

Je demande :

— On n'en laisse pas pour lui ?

Elle dit que ce n'est pas la peine.

Lui, c'est son mari.

Mon père.

Ahmed Daas.

Ma mère m'avait appris à penser à ceux qui

n'étaient pas là, même quand on n'était pas sûr qu'ils rentreraient.

Ma mère me parle d'un reportage qu'elle a vu à la télé, sur les conditions de travail des infirmiers dans les hôpitaux.

— *Kènt haba nwèli firmiya bessah khouya ma khalanich.* « Je voulais être infirmière, mais mon frère me l'a interdit. »

Je dis avec beaucoup d'émotion à ma mère que ce n'est pas trop tard.

— *Dorka, ntouma lazem derou haja kbira bach nkoun mheniya.* « Aujourd'hui, c'est à vous de faire de grandes choses, comme ça je serai apaisée. »

Elle avait dit *mheniya*, apaisée, déchargée, soulagée, consolée.

J'aurais préféré qu'elle dise « fière ».

Mais, tout compte fait, c'est peut-être mieux d'être apaisée que fière.

— Il faudra que je te raconte mon roman, mais laisse tomber, pas maintenant.

Je dis ça encore avec le même ton détaché.

— *Goulili dorka, waghlach tseney ?* « Parle-m'en aujourd'hui, pourquoi attendre ? »

Mon impatience, je la tiens de ma mère.

J'avais attendu vingt-neuf ans. Elle avait raison.

Pourquoi attendre encore ?

Ça raconte l'histoire d'une fille qui n'est pas vraiment une fille, qui n'est ni algérienne ni française, ni clichoise ni parisienne, une musulmane je crois, mais pas une bonne musulmane, une lesbienne avec une homophobie intégrée. Quoi d'autre ?

Je pense très fort.
Ça sonne faux.
Je ne lâche rien.

Je dis à ma mère que je le lui ferai lire.
Elle n'insiste plus. Elle ouvre un placard, j'imagine qu'elle va encore me proposer une part de gâteau. Je sais déjà que je repartirai avec deux kilos en trop sur la balance.
Mais au lieu de ça, ma reine sort du placard un carnet, avec écrit en gros : *Present for you.*

— Joyeux anniversaire, *benti*.
Ma fille.